Taming
Master
테이밍마스터

테이밍 마스터 19

2017년 9월 12일 초판 1쇄 인쇄
2017년 9월 15일 초판 1쇄 발행

지은이 박태석
발행인 이종주

기획 팀 이기헌 왕소현 박경무
책임 편집 최이슬

발행처 (주)로크미디어
출판등록 2003년 3월 24일
주소 서울시 마포구 성암로 330 DMC첨단산업센터 3층 314호
Tel (02)3273-5135 **Fax** (02)3273-5134
홈페이지 rokmedia.com **E-mail** rokmedia@empas.com

ⓒ 박태석, 2016

값 8,000원

ISBN 979-11-294-1349-9 (19권)
ISBN 979-11-5960-986-2 04810 (세트)

Taming Master

19

|박태석 게임 판타지 장편소설 |

테이밍 마스터

CONTENTS

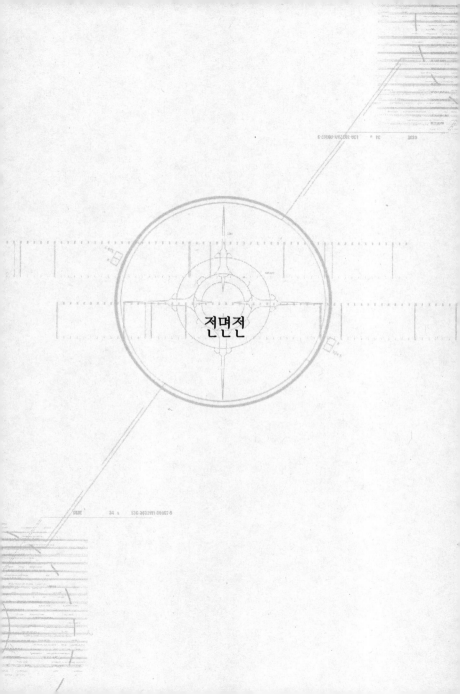

전면적
ㄴㄴㄴ

Taming
Master

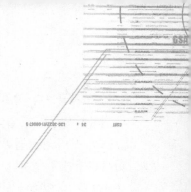

　‘전설’ 등급과 ‘신화’ 등급.

　두 등급 모두 카일란 최상위에 해당하지만, 그렇다고 해서 비슷하게 취급될 수 있는 등급은 아니었다.

　신화 등급이야말로 현존하는 카일란 최고의 등급이며, 말 그대로 ‘신화’적인 존재에게만 부여되는 것이었으니까 말이다.

　아이템이건 NPC이건 소환수건 마찬가지로 말이다.

　그런데 그중에서도 ‘드래곤’이라는 종족은 특별히 심한 등급 격차를 가지고 있었다.

　그리고 그것은 드래곤이라는 종족의 특수성 때문이었다.

　카일란에 존재하는 모든 ‘드래곤’종족의 등급은, 영웅~신화 등급에 한정된다.

영웅 등급보다 하위 등급을 가진 드래곤이라는 생명체는 존재하지 않는다는 말이다.

그리고 영웅 등급마저도 이번 프릴라니아 협곡 퀘스트가 마무리되면서 생겨난 등급이었으니, 이것은 '드래곤'이라는 종족 자체가 얼마나 상위 종족인지 알 수 있는 부분이었다.

그렇다면 드래곤이 유달리 등급 간 격차가 심한 이유는 뭘까?

그것은 바로 '고유 능력' 때문이었다.

전설 등급부터 가질 수 있는 고유 능력과 신화 등급이 되어야 가질 수 있는 고유 능력이 따로 있기 때문.

먼저 전설 등급의 드래곤부터 가질 수 있는 고유의 능력은, 바로 드래곤 스킨Dragon Skin이다.

모든 마법 공격에 대한 피해량을 묻지도 따지지도 않고 40퍼센트나 줄여 주는 이 괴랄한 패시브 스킬이, 전설 등급이 되어야 생성되는 고유 능력인 것이다.

물리 피해 10퍼센트 감소와 생명력 재생 효과는 덤.

게다가 드래곤 브레스의 계수도 전설 등급이 되어야 큰 폭으로 증가하니, 그 차이가 어마어마하다고 할 수 있겠다.

그렇다면 최상위의 등급인, '신화' 등급이 되어야 얻을 수 있는 고유 능력은 과연 무엇일까?

그것은 바로 '마법의 일족' 고유 능력이었다.

완전체의 드래곤만이 가질 수 있는 전유물인 '마법 습득'

능력.

처음 '마법의 일족' 고유 능력에 대해 확인했을 때, 이안은 무척이나 사기 스킬이라고 생각했었다.

비록 여러 가지 페널티가 있기는 해도, 마법사들이 쓰는 마법들을 추가로 습득할 수 있다는 게 무척이나 유용할 것이라 판단했기 때문이었다.

'고유 능력을 추가로 습득할 수 있다는 말이랑 비슷하니까.'

하지만 이안의 생각은 절반만 맞는 것이었다.

'마법의 일족' 고유 능력은 사기적인 능력이 맞았지만, 어떤 조건을 충족해야만 하는 것이다.

그리고 그 조건이란 바로 '준수한 지능 능력치'였다.

아무리 마법을 습득해 봐야, 지능 능력치가 낮으면 아무런 위력을 발휘하지 못하기 때문이었다.

한데 안타깝게도 이안에게 있는 두 마리의 완전체 드래곤인 뿍뿍이와 카르세우스는, 지능이 무척이나 낮은 편에 속했다.

뿍뿍이의 전투 능력치는 '딜탱'이라 할 수 있는 구성을 가지고 있었고, 카르세우스는 극단적인 물리 딜러에 가까운 포지션이었던 것이다.

한마디로 두 녀석 모두 무식하게 힘만 센 녀석들이라 할 수 있었다.

안 그래도 마법사들이 사용하는 마법의 80퍼센트 수준밖에 위력을 내지 못하는데 지능까지 떨어지니, 실질적인 효용

성이 너무도 없었던 것이다.

그래서 이안은 지금껏 뿍뿍이와 카르세우스에게 마법 습득을 요구하지 않았다.

보조 마법 정도만 몇 개 습득시켜 가끔 활용했을 뿐이었다.

'하지만 엘카릭스만큼은 다르지. 그것도 완전히.'

100레벨 언저리까지 성장시켜 본 결과, 이안은 엘카릭스를 어떤 식으로 활용해야 할지 확실히 알 수 있었다.

엘카릭스의 스텟 구성은, 이 '마법의 일족' 능력 효율을 최상으로 뽑아낼 수 있는 구조였던 것이다.

엘카릭스의 네 가지 전투 스텟 비율은 2:3:1:5 정도였던 것.

민첩성이 가장 낮고, 지능이 가장 높은 능력치 배분을 가지고 있었다.

'처음 초기치를 봤을 땐 탱커인 줄 알았는데…….'

엘카릭스의 1레벨 능력치는, 방어력과 생명력 위주의 구성을 가지고 있었다.

1레벨 때에도 지능이 가장 높기는 했으나, 방어력과 큰 차이 없는 수준이었던 것.

하지만 레벨이 오르니 차이는 확연히 벌어지기 시작했다. 지능의 성장률이 말도 안 되게 높았던 것이다.

100레벨에 가까워진 지금, 엘카릭스의 지능은 동레벨 기준의 어지간한 마법사 유저보다도 훨씬 높아졌다.

그것은 계수 페널티를 지능으로 극복할 수 있을 만한 수준이었다.

그리고 엘카릭스에게는 특별한 점이 한 가지 더 있었다.

'카일란 유일의, 빛 속성 마법 극딜러로 키워 내고 말겠어.'

그것은 바로, 엘카릭스가 빛 속성의 드래곤이라는 점이었다.

물론 일반적인 '사제' 클래스의 유저들 또한, 모두 '빛' 속성을 가지고 있다.

하지만 사제들의 경우 지능 스텟이 높지 않다.

사제들의 경우 '회복'에 특화되어 있기 때문에, 애초에 전투 능력 자체가 현저히 낮은 것이다.

물론 지능 또한 회복량에 영향을 미치지만, 회복에 가장 큰 영향을 미치는 '신성력' 직업 스텟에 모든 능력치가 몰려 있는 수준이었다.

때문에 이안이 생각한 이 포지션은 빛 속성의 마법사 클래스가 등장하지 않는 한 오로지 엘카릭스만이 가능한 포지션인 것이다.

그렇기에 엘카릭스는 더욱 특별할 수 있었다.

특히 지금과 같이 어둠 속성의 적들을 상대해야 하는 에피소드에서는 말할 것도 없었다.

'버프 끝나기 전에, 최소 200레벨은 찍고 만다, 내가!'

그리고 이안의 판단이 옳다는 것은 이미 증명되었다.

"엘카릭스, 플레쉬 빔!"

"알겠어요!"

위이잉-!

-소환수 '엘카릭스'의 고유 능력인 '마법의 일족'이 발동합니다.

-엘카릭스가 '플레쉬 빔' 마법을 발동시켰습니다.

-소환수 '엘카릭스'가 '스켈레톤 메이지'에게 치명적인 피해를 입혔습니다!

-'스켈레톤 메이지'의 생명력이 76,918만큼 감소합니다.

이제 갓 100레벨 정도밖에 되지 않았음에도, 무려 300레벨대의 몬스터에게 대미지다운 대미지를 입히고 있는 것이다.

물론 전투에 도움이 되는 수준은 아니었지만, 점점 강력해지는 마법 공격을 보고 있노라면 절로 미소가 흘러나왔다.

'크으, 벌써 대미지가 7만대가 뜨잖아? 300렙 찍으면 정말 볼 만하겠는데?'

심지어 플레쉬 빔은, 그야말로 최하위 공격 스킬이라 할 수 있는 빛 속성의 기본 공격 마법이었다.

레벨을 따라잡은 뒤 최상위 공격 마법까지 습득시켜 주면, 언데드를 상대로는 상상할 수 없는 대미지를 볼 수 있으리라.

'좋아. 200레벨까지 찍고 나면, 스킬 북부터 공수해야겠어. 빛 속성 공격 마법 매물이 잘 없긴 하지만……. 돈이 좀 많이 들어도 최상위 티어로다가 구해서 가르쳐야지.'

미친 듯이 차오르는 엘카릭스의 경험치 게이지를 보며, 이안은 흐뭇한 표정이 되었다.

엘카릭스 육성에 꽂혀 있는 와중에도, 이안은 결코 퀘스트를 잊지 않았다.

　프릴라니아 협곡 퀘스트를 완료하자마자 떠오른 돌발 퀘스트인 '카미레스의 기대에 부응하라'.

　'용기사의 징표'라는 보상 아이템이 뭔지는 짐작할 수 없었으나, 그렇기에 더욱 놓칠 수 없는 퀘스트이기도 했다.

　뭔지 모르는 아이템을 놓치고 나면 최소 일주일은 궁금증으로 인해 잠이 안 올 것 같았기 때문이었다.

　'인정이란 걸 받으려면 어쨌든 근처에서 알짱거리는 게 좋겠지?'

　용기사단장 카미레스는, 카르세우스만큼이나 거대한 드래곤을 타고 용기병들을 지휘하고 있었다.

　때문에 그의 옆에서 전투해 봐야 눈에 들기는 힘들었다.

　드래곤의 거대한 날개와 몸뚱이에 가려 보이지도 않을 게 분명했으니까.

　때문에 이안은 완전히 최전방으로 뛰어들기로 결심했다.

　지금까지는 엘카릭스의 레벨이 워낙 낮은 탓에 그녀를 지키며 몸을 사려야 했지만, 이제는 공격적으로 나가도 괜찮겠다는 판단이었다.

　하지만 그렇다고 하더라도, 보험은 하나쯤 들어 둘 필요가 있었다.

"오랜만에, 뿍뿍이 표 방패를 한번 꺼내 볼까?"

그 보험이란 바로, 뿍뿍이의 등껍질을 재료로 드워프 한이 만든 '귀룡의 방패'.

방패의 방어력도 방어력이지만, 방패에 붙어 있는 '귀룡의 혼' 고유 능력이 진정한 보험이라 할 수 있었다.

원하는 위치에 최대 세 개까지 방패의 분신을 소환할 수 있는 귀룡의 혼 고유 능력이라면, 피치 못할 상황에서도 엘 카릭스를 지켜 낼 수 있을 것이다.

척-!

-'귀룡의 방패' 아이템을 착용하였습니다.

-양손 무기인 '정령왕의 심판'의 모든 능력치가 대폭 하락합니다.

-방어력과 피해 흡수량이 대폭 증가하였습니다.

한 손에는 황금빛 창을, 한 손에는 푸른빛이 일렁이는 방패를 착용한 이안.

호기로운 표정을 한 이안이 하르가수스를 컨트롤해 전방으로 달려 나갔다.

용기사단장 카미레스.

평화로운 천계에서 무료한 나날을 보내고 있던 그는, 오랜만에 내려진 용신의 명령에 무척이나 기분이 좋았다.

게다가 그 임무가 원 없이 때려 부수는 것이라는 점은, 더욱 마음에 드는 부분이었다.

'언데드 녀석들, 모조리 뼛가루로 만들어 주도록 하지. 영혼까지 잘근잘근 다져 주겠어.'

하여 전투가 시작되자마자, 그는 미친 듯이 날뛰기 시작했다.

스켈레톤과 같은 하급 언데드들은 거대한 드래곤의 뒷발로 밟아 버렸으며, 스컬 골렘이나 듀라한같은 거대한 언데드들은 창을 휘둘러 베어 냈다.

그의 창에는 어마어마한 신력이 담겨 있었고, 한낱 언데드 따위가 그 힘을 버텨 낼 수 있을 리 만무했다.

'벌써 24시간 중에 1시간이나 지났다니! 더욱 분발해야겠군!'

인간계에서 원 없이 전투를 즐길 수 있는 24시간은, 그에게 있어서 너무도 소중한 시간이었다.

때문에 그의 눈에는 오로지 언데드들밖에 보이지 않았다.

눈앞의 적을 파괴하면 그 다음 적을 또 찾기 바쁘니, 다른 어떤 것들이 눈에 들어올 리 만무했던 것이다.

그런데 어느 순간부터, 그의 눈에 거슬리는 존재가 하나 생겨났다.

'저놈은 뭐지? 인간인 것 같은데……!'

그것은 바로, 새카만 날개를 가진 말에 올라 황금빛 창을 휘두르며 언데드를 도륙하는 이안의 뒷모습이었다.

심지어 녀석은, 아직 힘을 되찾지 못한 빛의 신룡까지 보호하며 전장을 누비고 있었다.

그리고 그 모습을 지켜보던 카미레스는 자신도 모르게 부르르 떨며 육성을 토해 냈다.

"지, 질 수 없다!"

수백 년 만에 신계의 밖으로 출정하였는데, 고작 인간 따위에게 밀린다면 그것이야말로 용기사단장의 체면을 구기는 일.

아무리 용신의 인정을 받은 여의주의 주인이라 하여도, 그것은 용납할 수 없는 것이었다.

게다가 저 인간 녀석은 무기마저 자신과 같은 '창'을 사용하고 있지 않은가.

카미레스는 더욱 의지를 불태우며, 전장의 언데드들을 휩쓸기 시작했다.

쾅- 쾨쾅- 쾅-!

용신 세카이토가 직접 하사한 그의 언월도에서 시퍼런 불길이 뿜어져 나왔다.

쾨아아-!

그리고 그것은, 막강한 방어력을 가진 스컬 골렘의 몸뚱이마저 순식간에 녹여 버렸다.

"모조리 재로 만들어 주마!"

하지만 시간이 지날수록 카미레스는 묘한 패배감을 느끼

기 시작했다.

듀라한이나 골렘 등 강력한 언데드들을 순식간에 처치했지만, 화려한 창술로 스켈레톤들을 쓸어 담는 이안이 더 멋져 보였던 것이다.

"……!"

그리고 드래곤의 등에 올라탄 채로는, 이안의 멋짐을 상대할 방법이 없을 것 같았다.

움직임에 제약이 너무 많기 때문이었다.

"어쩔 수 없군. 오랜만에 이 카미레스 님의 백병전 실력을 보여 줘야겠어."

급기야 혼자 중얼거리던 카미레스는 거칠게 언월도를 휘두르며 드래곤의 등에서 뛰어내렸다.

콰앙-!

달려드는 스켈레톤 한 마리를 베어 넘긴 카미레스는, 빠르게 언데드 군단을 파괴하며 이안의 옆으로 다가갔다.

그리고 정신없이 적들을 상대하는 이안을 향해 짧게 말을 건넸다.

"감히 창술로 내게 도전장을 내밀다니."

"……?"

뜬금없는 카미레스의 등장과 대사에, 이안은 어안이 벙벙한 표정이 되었다.

하지만 카미레스는 전혀 개의치 않았다.

"진정한 창술의 신세계를 보여 주도록 하지!"

이안의 입장에서는 그야말로 어처구니없는 카미레스의 선언.

하지만 그 말이 끝나기가 무섭게 더욱 당황스러운 내용을 담은 메시지가 떠올랐다.

띠링―!

―용기사단장 '카미레스'가 당신을 시험합니다!

―지금부터 90분 동안, 카미레스보다 빠르게 목표를 달성해야 합니다.

―목표 : 언데드 150기 처치.

―유저 달성율 : 0/150 (0퍼센트)

―카미레스 달성율 : 1/250 (0.4퍼센트)

―카미레스보다 빠르게 목표치를 달성할 시 돌발 퀘스트가 완료됩니다.

당황스러운 표정이던 이안의 얼굴에 의욕이 활활 타오르기 시작했다.

전장의 최전방에서, 그야말로 미친 듯이 창을 휘두르는 두 남자.

두 남자는 거침없이 스켈레톤들을 때려 부수며 언데드의 진영을 파고 들었고, 때문에 두 사람을 기준으로 진영이 파괴되어 갔다.

수천이 넘는 대규모의 언데드 진영에, 이안과 카미레스를 기준으로 송곳 같은 균열이 생겨 버린 것이다.

모니터를 통해 그 화면을 지켜보던 BJ라오렌은, 자리에서 벌떡 일어났다.

'이렇게 밋밋한 영상으로 중계할 때가 아니야!'

지금 라오렌이 인터넷 방송으로 중계 중인 영상은, 카일란 공식 커뮤니티에서 스트리밍해 온 이안의 개인 영상이었다.

물론 이안 개인의 영상이므로 그를 중심으로 화면이 송출되지만, 단점이 하나 있었다.

항상 같은 방향 멀찍한 곳에서, 똑같은 방식으로 이안을 비추고 있다는 점. 이안 시점의 영상이라면 조금 어지럽더라도 박진감이 있었겠지만, 지금 송출되는 영상은 밋밋한 느낌을 지울 수 없었던 것이다.

라오렌은 시청자들에게 양해를 구한 뒤 빠르게 어디론가 전화를 걸었다.

그리고 그가 전화를 건 대상은, 바로 이안 담당의 영상 에디터인 '소진'이었다.

-소진 님, 지금 통화 가능하시죠?

-네, 라오렌 님. 어쩐 일이시죠?

-아, 지금 이안 님 전투 영상 실시간으로 제 방송에 띄우려는데 도움이 좀 필요해서요.

-도움이라면……?

-가지고 계신 수정구 세 개만 케이트 영지 쪽으로 띄워 주세요. 제 방송 주소로 스트리밍해 주시구요.

-띄워 드리는 건 어렵지 않은데, 그럼 채널 전환은 어떻게 하시려 고요?

속사포처럼 말을 하던 라오렌은, 목이 타는지 마른침을 삼 킨 뒤 다시 말을 이었다.

-소진 님께서 컨트롤하시면서, 채널 전환도 직접 좀 해 주세요. 아무 래도 수정구 컨트롤은 소진 님 전공이시니까요.

-그럼 제 컨트롤에 맞춰서, 알아서 해설하시겠다는 건가요?

-그렇죠!

-이런 방식은 처음인데…….

-충분히 할 수 있습니다. 우리 한번 천만 뷰짜리 영상 만들어 보죠.

-……좋아요. 한번 해 보도록 하죠. 대신, 이안 님 몫 빼고 인센티브 는 반반입니다.

-콜!

소진과 통화를 마친 라오렌은 황급히 자리로 돌아와 시청 자 채팅 창을 열어 보았다.

그리고 그 잠깐 사이, 채팅 창에는 불만이 한가득 쌓여 있 었다.

-아, 라오렌 언제 오는 거임?

―아니, 이 중요한 순간에 어딜 간 거야?

―똥 싸러 갔나 보죠.

―ㅇㅇ 급똥인듯.

―하아, 난 알못이라 해설 없으면 이해도 잘 안 되는데……. 누구 라오렌 대신 해설해 주실 고수님 안 계심?

하지만 라오렌은 전혀 당황하지 않았다.

이제 잠시 후면 모든 시청자들이 자신을 찬양할 것임을 믿어 의심치 않기 때문이었다.

'소진 님의 수정구 컨트롤 실력과 내 해설 능력이 합쳐지면, 정말 최고의 방송을 보여 줄 수 있어.'

거기에 그 어떤 매드무비와 견주어도 꿇리지 않는 이 전투 영상 콘텐츠라면, 실시간 BJ 랭킹 1위도 충분히 가능할 것이었다.

'이 기회에 구독자 수 한번 왕창 올려 보자!'

카미레스와의 경쟁으로 타오르는 이안의 의욕만큼, 라오렌의 의욕에도 불이 붙기 시작했다.

쎄에엑―!

이안의 금빛 창이 허공을 수놓음과 동시에, 샛노란 번개가 하늘에서 떨어졌다.

빠각− 콰콰쾅−!

이어서 새카맣게 탄 스켈레톤의 두개골이, 그대로 바스라져 재가 되어 날아가 버렸다.

−정령왕의 심판의 고유 능력 '심판의 번개'가 발동합니다!

−'스켈레톤 워리어'에게 치명적인 피해를 입혔습니다.

−'스켈레톤 워리어'의 생명력이 719,280만큼 감소합니다.

−'스켈레톤 워리어'를 성공적으로 처치하셨습니다!

찰나지간에 주르륵 하고 떠오르는 시스템 메시지들.

하지만 메시지가 전부 나타나기도 전에, 이안의 창은 다른 곳을 향하고 있었다.

퍽− 퍼퍼퍽−!

이안의 창은 마치 권투 선수가 잽을 날리는 것 같은 착각이 들 정도로, 빠르고 정확하게 쇄도했다.

−'스켈레톤 워리어'의 생명력이 572,450만큼 감소합니다.

−'스켈레톤 워리어'의 생명력이 397,542만큼 감소합니다.

그리고 연속적인 창격槍擊에 스켈레톤이 균형을 잃으면, 이안은 그 순간을 놓치지 않고 최대의 약점을 향해 창을 꽂아 넣었다.

콰아앙−!

이안이 노리는 스켈레톤의 약점은, 흉부의 갈비뼈 안에 위치해 있는 '영혼의 그릇'이다.

다른 이름으로 '내핵'이라고 불리기도 하는 영혼의 그릇은, 모든 종류의 스켈레톤이 가진 약점으로 유명하다.

하지만 정작 그곳을 공략하는 것은 쉬운 일이 아니었다.

아무런 장비도 착용하지 않은 최하급 스켈레톤들이면 모르되, 조금이라도 갑주를 착용한 스켈레톤들은 그 약점을 잘 드러내지 않았기 때문이었다.

하지만 무아지경으로 창을 휘두르는 이안을 보고 있자면, 그것이 너무도 쉬워 보였다.

조금 과장하자면 마치 창극이 내핵으로 빨려 들어가는 느낌을 받을 정도였다.

스켈레톤이 균형을 잃어 흉부를 노출하기만 하면, 이안의 창극은 마치 유도탄처럼 그 안으로 파고들었다.

콰아앙-!

그리고 제대로 내핵에 대미지를 입으면, 400레벨에 육박하는 스켈레톤 워리어조차도 그대로 바스라져 버리고 만다.

-'스켈레톤 워리어'의 생명력이 1,642,152만큼 감소합니다.

-'스켈레톤 워리어'를 성공적으로 처치하셨습니다!

무려 164만이라는 어마어마한 피해량.

그런데 이 광경을 보면, 한 가지 의문점이 생길 수밖에 없다.

아무리 내핵을 정확히 가격하였다 하더라도, 한손 무기로 이런 대미지가 나온다는 것이 말이 안 되기 때문이었다.

방패를 들지 않는 평소에야 그럴 수 있다고 쳐도, 지금의 이안은 분명 왼손에 귀룡의 방패를 들고 있었던 것.

방패를 들면 한손 무기의 위력은 현저히 낮아지는데, 지금 이안의 공격력은 방패를 들지 않았을 때와 별반 다를 것이 없어 보일 정도였다.

그렇다면 이것은 버그일까?

그야 당연히 아니었다.

이 어마어마한 공격력의 비밀은, 다름 아닌 귀룡의 방패에 있었다.

'크, 워낙 적이 많으니, 스택이 도무지 떨어질 생각을 않는구나!'

귀룡의 방패에 붙어 있는 두 번째 고유 능력인 '귀룡의 분노'.

방패 막기에 성공한 횟수가 누적될 때마다 0.5퍼센트 만큼의 공격력 버프가 추가로 걸리는 이 패시브 스킬을, 지금 이안이 극대화시켜 사용하고 있는 것이었다.

최대 100회 누적되며 15초 동안 지속되는 이 버프를, 이안은 계속해서 풀스택으로 유지하고 있었다.

-방패 막기에 성공하셨습니다!

-'귀룡의 분노' 고유 능력이 발동합니다.

-'귀룡의 분노' 효과의 지속 시간이 초기화됩니다.

-15초 동안 공격력이 0.5퍼센트(누적 50.0퍼센트)만큼 증가합니다.

사방이 적으로 둘러싸인 상황에서 날아드는 화살까지 전부 막아 내니, 스텍이 떨어질 틈이 없는 것이다.

　게다가 막아 낼 때마다 지속 시간이 초기화되니, 지금 상황에서는 스텍이 떨어지려야 떨어질 수가 없었다.

　게다가 그것이 끝이 아니었다.

　-'귀룡의 분노'효과가 100회 누적되었습니다.

　-지금부터 5초 동안 '무적' 상태가 됩니다.

　방패 막기 성공이 100회 누적되면 5초 무적이라는 꿈 같은 추가 버프가 발동되는 것이다.

　물론 무적 발동의 경우, 한번 발동되고 나면 무적 지속 시간이 끝나야 다시 처음부터 스텍이 쌓이기 시작한다.

　하지만 그렇다고 해도 지금 이안은 거의 3분에 한 번 정도는 무적을 띄워 내고 있었다.

　2초에 한 번씩은 방패 막기에 성공한다는 말이었다.

　그리고 15퍼센트의 확률로 터지는 대미지 반사는, 보너스 같은 것이었다.

　콰콰- 쾅-!

　-방패 막기에 성공하셨습니다!

　-피해량을 198,093만큼 흡수하셨습니다.

　-99,046만큼의 피해를 돌려줍니다.

　막고, 찌르고, 부수고.

　이안의 움직임은 이 세 단어로 요약할 수 있었지만, 비주

얼은 그리 단순하지 않았다.

컨트롤 자체도 현란한 데다 각종 이펙트가 연속적으로 터지니, 이안을 중심으로 폭풍이 휘몰아치는 느낌이었다.

콰콰쾅−!

미친 듯이 창을 휘둘러 대던 이안이, 시야 구석에 떠올라 있는 퀘스트 달성 목표치를 슬쩍 응시했다.

−유저 달성율 : 67/150 (44.66퍼센트)

−카미레스 달성율 : 116/250 (46.4퍼센트)

그리고 입술을 살짝 깨물었다.

'젠장, 조금 뒤처지는군. 세 마리 정도 차인가?'

처음에는 질 것 같으면 소환수들을 소환할 생각으로 마음 편히 플레이했지만, 문제는 그게 아니라는 점이었다.

전투 중에 우연히 엘카릭스가 마법으로 막타를 친 적이 있었는데, 달성률이 오르지 않은 것이다.

이를 악물며 창을 휘두르던 이안이, 뭔가 마음을 먹은 듯 엘카릭스를 소환 해제했다.

"엘카릭스, 조금 있다 다시 부를게."

"알겠어요, 아빠!"

후우웅.

커다란 공명음과 함께 새하얀 잔상을 남기며 사라지는 엘카릭스.

이어서 이안의 신형이, 하르가수스의 등을 박차고 허공으로 날아올랐다.

"이, 이안이 갑자기 허공으로 뛰어오릅니다!"

소진과의 커넥팅 후, 빠르게 방송을 재개한 라오렌의 개인 방송은 폭발적으로 시청자가 늘어나고 있었다.

─뭐지? 이안 갑자기 왜 하르가수스 버리고 튀어 나간 거죠?

─앞에 태우고 있던 엘카릭스도 소환 해제해 버렸는데요?

─아, 내 귀요미 어디 갔어!

─이번엔 정말 이해가 안 되네. 지금 엘카릭스 렙 업하려고 저렇게 미친 듯이 싸우고 있었던 것 아님?

─ㅇㅇ그러게요. 아까 라오렌 님도 그렇게 설명하셨는데…….

이안의 소환수들에 대한 이해도가 높은 라오렌은, 이안이 엘카릭스만 소환한 이유에 대해서 금방 알 수 있었다.

하여 시청자들에게 설명해 줄 수 있었고 말이다.

하지만 지금의 상황은 그로서도 이해할 수 없는 것이었다.

'뭐지? 레벨 업 시켜야 하는 소환수를 왜 소환 해제해 버린 거야? 그렇다고 다른 소환수들을 소환하는 것도 아니면서.'

그리고 라오렌이 이해할 수 없는 것은 당연했다.

이안에 대한 이해도와 별개로, 그의 퀘스트 창을 확인하지 못한다면 절대로 알 수 없는 사실들이 있었으니까.

지금 이안이 카미레스와 경쟁 중이라는 것을, 이안 말고 누가 알 수 있을까?

빠르게 머리를 굴린 라오렌은, 나름대로 추론하며 다시 해설을 시작했다.

"정확한 이유는 알 수 없으나, 아마도 이안은 엘카릭스가 위험할 수도 있으리라 본 것 같습니다. 소환 해제는 재사용 대기 시간만 지나면 다시 소환할 수 있지만, 사망이라도 하게 되면 하루 동안 레벨 업을 시킬 수 없으니까요."

─에이, 나 지금까지 엘카릭스 공격당하는 거 두 번 봤는데?

─그러게. 진짜 하나도 위험해 보이지 않던데.

─ㅋㅋㅋ 라오렌 님, 감 떨어지신 거 아님?

─ㅋㅋ 근데 저 설명 아니면 말이 안 되잖음.

─그것도 그러네요.

채팅 창에 올라오는 내용들을 본 라오렌은 살짝 당황할 수밖에 없었다.

딱히 반박할 내용이 떠오르지 않은 탓이었다.

'하긴, 내가 봐도 엘카릭스는 위험해 보이지 않았으니까.'

이럴 때는 서둘러 화제를 전환해야 하는 법.

라오렌은 다시 전투 영상을 향해 시선을 돌렸다.

그리고 해설할 만한 내용이 뭐가 있을지, 꼼꼼히 살피기 시작했다.

'흠, 또 무적 띄웠네. 하지만 이건 아까 설명해서 또 하면 욕먹을 텐데…….'

현장에서 전투 중인 이안만큼이나 빠르게 머리를 굴리는 라노엘이었다.

그런데 바로 그때, 모니터를 응시하던 그의 두 눈이 휘둥그레졌다.

이안을 중심으로 황금빛의 광휘가 퍼져 나갔다.

전신이 금빛으로 물들어 버릴 정도의 찬란한 금빛 물결과, 구 형태로 은은하게 퍼져 있는 얇고 투명한 막.

'무적' 상태를 의미하는 이펙트가 떠오르자마자, 이안은 하르가수스의 등을 박차고 전장 한복판으로 뛰어들었다.

엘카릭스를 소환한 데다 하르가수스까지 박차고 앞으로 나섰으니, 이안은 그야말로 완벽히 혈혈단신이 되었다.

타탓-!

하지만 그것으로 끝이 아니었다.

이안은 귀룡의 방패까지 착용 해제해 버린 것이다.

–'귀룡의 방패'아이템을 착용 해제하셨습니다.

–방어력과 피해 흡수량이 대폭 감소합니다.

–감소했던 '정령왕의 심판'아이템의 모든 능력치가 원래대로 복구됩니다.

–전투 능력이 큰 폭으로 상승합니다.

아무리 등급이 낮은 스켈레톤이라 하더라도, 레벨이 400레벨에 육박하는 이상 무시할 수 있을 만한 수준은 결코 아니다.

때문에 이안으로서도 귀룡의 방패 없이 이들에게 둘러싸이는 건 무척이나 위험한 모험이라 할 수 있었다.

그러나 당연히도, 이안에게는 그 리스크를 극복하기 위한 계획이 있었다.

'장비 스왑을 적극적으로 활용해야 겠어.'

카일란은 시스템 상 장비 스왑에 대한 페널티가 거의 없다.

하지만 그렇다고 해서 전투 중의 장비 스왑이 쉬운 것은 결코 아니었다.

장비를 교체하는 순간 잠시 동안 무방비 상태가 되며, 그 사이에 어떤 공격이라도 당하면 장비가 교체되지 않기 때문이었다.

장비를 교체하는 데 걸리는 시간은 대충 1초 정도.

그 사이에 어떤 공격이라도 받으면 장비 스왑이 캔슬되는 것이다.

무적의 상태라고 하더라도 예외는 없었다.

대미지가 들어오는 것이 문제가 아니라, 모션이 방해받는 것이 문제였으니까.

지금 이안의 계획은 간단했다.

무적이 뜨는 순간 귀룡의 방패를 집어넣었다가, 무적이 풀리기 직전에 다시 방패를 착용하는 것.

방패를 착용 해제하는 것은 문제될 게 없었지만, 만약 다시 착용하는 과정에서 캔슬이라도 당한다면 정말 위험한 상황이 되는 것이다.

방패 없이 무적이 풀리게 되면, 순식간에 생명력이 빠져나갈 테니 말이다.

하지만 리스크가 클수록 돌아오는 것도 많아지는 것은 당연한 법.

'사냥 속도를 더 끌어올리려면 이 방법밖엔 없어.'

과감하게 방패를 해제한 이안이 정령왕의 심판을 휘두르기 시작했고, 그 결과는 생각했던 것보다도 더욱 뛰어났다.

쾅- 콰쾅-!

-'스켈레톤 아처'에게 치명적인 피해를 입히셨습니다!

-'스켈레톤 아처'의 생명력이 2,508,008만큼 감소합니다.

-'스켈레톤 아처'를 성공적으로 처치하셨습니다!

'귀룡의 분노' 버프 스텍이 풀리지 않은 상황에서 양손 무기의 공격력이 온전히 적용받으니, 공격력이 미친 듯이 뻥튀기된 것이다.

이쯤 되자 일부러 해골들의 '영혼의 그릇'을 노릴 필요도 없었다.

그냥 적당한 약점에 창날을 꽂아 넣으면, 마치 두부처럼 바스러져 버렸기 때문이었다.

게다가 '무적' 상태가 지속되는 동안은, 방어나 회피에 전혀 신경을 쓸 필요가 없었다.

비록 5초라는 짧은 지속 시간에 불과하지만, 방어를 도외시한 이안의 무차별 공격은 주변의 해골들을 가루로 만들어 버리기에 충분한 시간이었다.

빠각-! 콰아앙-!

-'스켈레톤 아처'를 성공적으로 처치하셨습니다!

-'스켈레톤 워리어'를 성공적으로 처치하셨습니다!

-'스켈레톤 아처'를 성공적으로 처치하셨습니다!

-'스켈레톤 나이트'를 성공적으로 처치하셨습니다!

스켈레톤 중 방어력이 가장 강력하다는 '스켈레톤 나이트'도 예외는 아니었다.

한 방은 어찌 버티더라도, 연속 공격이 들어가면 그대로 가루가 되어 버리는 것이다.

그어어어-!

구슬픈 울음소리와 함께 스켈레톤들은 까만 재가 되어 사라져 갔다.

순식간에 열 마리에 가까운 스켈레톤을 박살 낸 이안의 주변은 휑해졌고, 이안은 재빨리 귀룡의 방패를 다시 착용했다.

다시 적들이 다가오기 전에, 최대한 빠르게 움직여야만 했다.

-'귀룡의 방패' 아이템을 착용하였습니다.

-양손 무기인 '정령왕의 심판'의 모든 능력치가 대폭 하락합니다.

-방어력과 피해 흡수량이 대폭 증가하였습니다.

그야말로 깔끔하게, 장비 스왑까지 성공한 이안.

우우웅-!

그 뒤로 무적 효과가 사라졌지만 상관없었다.

귀룡의 방패를 다시 착용한 이상 무리하지만 않는다면 위험한 일은 없을 것이었다.

이안은 슬쩍 시선을 돌려 퀘스트 달성 목표치를 응시했다.

그리고 씨익 웃었다.

'좋아, 일곱 마리 정도 벌렸군.'

하지만 그렇다고 해서 쉴 수 있는 시간은 없었다.

다시 달려드는 언데드들을 향해, 이안의 양손이 쉴 새 없이 움직였다.

쾅- 퍼퍼퍽-!

막고, 휘두르고.

피해 흡수율이 거의 90퍼센트에 육박하는 이안의 정확한 방패 막기를 보고 있노라면, 기사 클래스가 아닌지 의심스러울 정도였다.

원래 90퍼센트대의 피해 흡수율은, 정확도 보정 패시브를 가지고 있는 기사 클래스들의 전유물이었으니까.

심지어 피해 흡수가 끝이 아니었다.

-'스켈레톤 워리어'의 공격을 성공적으로 방어하였습니다.

-10,981만큼의 피해를 입었습니다.(피해 흡수율 95.24퍼센트)

-'귀룡의 방패'의 영혼력이 작용합니다.

-23,450만큼의 피해를 추가로 흡수합니다.

-생명력이 0만큼 감소합니다.

귀룡의 방패는 에고 웨폰Ego Weapon이었고, '영혼력'이라는 특수 옵션을 가지고 있었으니 말이다.

총 23만 정도가 들어왔어야 했던 강력한 스켈레톤 워리어의 공격이 한순간에 솜방망이가 되어 버린 것이다.

하지만 이렇게 엄청난 위용을 뿜어내는 와중에도, 데스나이트와 같은 상위 언데드들은 철저히 피하는 이안이었다.

"캬아아오! 인간, 싸우자!"

"싫어!"

상대할 자신이 없는 것은 당연히 아니었지만, 1초의 시간이라도 낭비할 수 없었기 때문이었다.

데스나이트를 잡건 스켈레톤 아처를 잡건, 퀘스트 달성 목표치에 반영되는 건 똑같이 한 마리였으니 말이다.

그리고 그렇게 15분 정도가 더 지났을까?

띠링—!

드디어 이안이 기다렸던 시스템 메시지가 울려 퍼졌다.

—'용기사단장 카미레스의 시험' 퀘스트를 성공적으로 완수하셨습니다!

—퀘스트 달성 시간 : 27분 23초/90분 00초 (SSS)

—목표 : 언데드 150기 처치. (완료)

—유저 달성율 : 150/150 (100퍼센트)

—카미레스 달성율 : 231/250 (92.4퍼센트)

—최종 클리어 등급 : SSS

—돌발 퀘스트를 완수하셨습니다.

—전투가 끝난 뒤. 용기사단장 '카미레스'로부터 퀘스트 완료 보상을 받으실 수 있습니다.

이안의 입꼬리가 씨익 말려 올라갔다.

근래에 있었던 대규모 전투 중 단연 최고의 규모였던 케이튼 영지의 전투.

거의 20시간에 걸친 엄청난 규모의 영지전이 드디어 막을 내렸다.

엎치락뒤치락 하던 끝에 결국 영주 성까지 적들을 밀어내었고, 비로소 케이튼 영지가 패배를 선언한 것이다.

케이튼 영지의 영주였던 '케이튼 백작'은 엘리카 왕국의 다른 영지로 피신했고, 때문에 영주성은 텅텅 비어 있었다.

그리고 하르가수스의 등에 올라탄 이안이, 천천히 영주성 안으로 입성했다.

이안의 뒤로는 몇몇 로터스의 수뇌부 유저들이 따라 들어오고 있었다.

따각따각.

그러자 이안의 눈앞에, 새로운 시스템 메시지들이 주르륵 하고 떠올랐다.

띠링-!

-'케이튼 영지'의 점령율이 100퍼센트가 되었습니다.

-'엘리카 왕국'의 영향력이 전부 제거되었습니다.

-'케이튼 영지'가 '무정부 상태'가 되었습니다.

이안의 입꼬리가 씨익 말려 올라갔다.

'의도치 않은 전쟁의 시작이었지만, 오히려 더 나은 상황이 되어 버렸군.'

로터스 왕국을 건국한 지도 벌써 몇 달이 지난 상황.

전륜왕의 퀘스트를 진행하던 도중 '황제의 옥새'까지 손에 넣은 이안으로서는, 당연히 제국을 건국할 계획을 가지고 있었다.

그리고 그 시작이 바로 '엘리카 왕국'의 정복이었다.

로터스 왕국과 가장 넓은 국경을 맞대고 있는 곳이 바로 엘리카 왕국이었기 때문이었다.

때문에 언데드 군대의 창궐은, 로터스 왕국의 입장에서 오히려 호재로 다가왔다.

원래 엘리카 왕국을 정복하려면 다른 주변국들의 눈치도 봐야 하는데, '리치 킹 군대의 창궐'이라는 확실한 명분 덕에 그럴 필요가 없어진 것이다.

지금은 대륙의 모든 왕국들이 언데드 군단을 막아 내기 바쁜 상황이었고, 때문에 로터스 왕국이 영토를 넓히는 것을 그 누구도 신경 쓰지 않았다.

'리치 킹 에피소드가 끝나기 전에, 엘리카 왕국을 전부 정복해 버려야겠어. 엘리카 왕국만 흡수해도 왕국의 전력이 배는 강해지겠지.'

엘리카 왕국을 정복한 뒤에는 리치 킹 에피소드가 끝나더라도 상관없었다.

그때쯤이면 이미 주변국과의 전력 차이가 엄청나게 벌어져 있을 것이었기 때문이다.

그리고 그때부터가, 본격적인 정복 전쟁의 시작일 것이다.

물론 쉽지는 않을 것이다.

제국 건국의 요건을 충족하려면, 최소 5~7군데 이상의 왕국은 흡수해야 한다.

로터스의 힘이 강해진다면, 그들이 동맹을 맺을 확률도 분명히 있었다.

"웃-차."

하르가수스의 등에서 내린 이안은, 영주성의 안쪽에 있는 내전으로 향했다.

영지를 정복하기 위한 마지막 절차를 시행하기 위해서였다.

"이때가 기분이 제일 좋단 말이지."

이안의 중얼거림에, 뒤에 있던 훈이가 투덜거렸다.

"폼 잡지 말고 빨리 끝내자, 형. 졸려 죽겠으니까."

프릴라니아 협곡 퀘스트부터 시작해서 벌써 20시간도 넘게 꼬박 게임을 한 탓인지, 훈이의 눈은 이미 반쯤 감겨 있었다.

그리고 그 모습을 본 이안이 피식 웃으며 다시 한 번 중얼거렸다.

훈이를 놀려 주기 위해서였다.

"흐음……. 요즘 훈이가 자꾸 기어오르네. 이거, 케이튼 영지 영주는 노엘이한테 줘야 하나?"

"……!"

효과는 굉장했다.

표정이 돌변한 훈이가 재빨리 이안에게 달라붙어 실실 웃기 시작한 것이다.

이미 졸음 따위는 싹 달아난 듯싶었다.

"헤헤, 형님, 제 마음 아시죠?"

"뭘 알아, 인마."

"이 훈이가 형님 존경하는 거 말입니다."

"잘 모르겠는데……."

"아, 형……!"

달라붙는 훈이를 떼어 낸 이안이, 인벤토리에서 커다란 깃발을 꺼내어 들었다.

로터스 왕국의 상징인 그리핀, '핀'의 늠름한 자태가 수놓인 깃발이었다.

그것을 치켜든 이안은, 내성에 있는 엘리카 왕국의 깃발을 뽑은 뒤 그 자리에 로터스의 깃발을 꽂아 넣었다.

그러자 깃발이 꽂힌 자리를 중심으로, 어두침침하던 영주성의 내부에 새하얀 빛이 퍼져 나가기 시작했다.

우우웅-!

-'케이튼 영지'를 정복하는 데 성공하셨습니다.

-이제부터 '케이튼 영지'는 로터스 왕국에 소속됩니다.

-'케이튼 영지'에 소속되어 있던 모든 유저들과 NPC들의 국적이 '로터스 왕국'으로 전환됩니다.

-'케이튼 영지'의 새로운 영주를 임명할 수 있습니다.

이로써 '로터스 제국'의 건설을 위한 첫 단추가 성공적으로 꿰어졌다.

엘카릭스와 루가릭스

Taming
Master

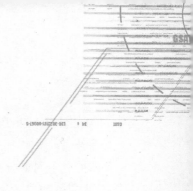

프릴라니아 협곡 퀘스트부터 시작해서 케이튼 영지 함락까지, 꼬박 하루가 넘게 걸린 강행군을 마친 뒤 이안은 기절하듯 잠에 들었다.

카미레스와 용기사들이 원래의 차원계로 돌아가기까지 최대한 뽕을 뽑아먹었으니, 조금 자야 할 필요성을 느낀 것이다.

물론 엘카릭스의 경험치 버프는 일주일짜리였지만, 그렇다고 해서 일주일 동안 한잠도 자지 않고 버틸 수는 없기 때문이었다.

7시간 정도 푹 자고 일어난 이안은, 씻을 새도 없이 다시 카일란에 접속했다.

접속하고 있는 이 순간에도 경험치 버프가 아까운 느낌이었다.

　-홍채 인식 완료. '이안' 님, 카일란의 세계에 오신 걸 환영합니다.

　우우웅-!

　익숙하기 그지없는 기계음과 함께, 카일란에 접속한 이안은 가장 먼저 인벤토리 창을 열어 보았다.

　어제는 전투가 끝나자마자 바로 로그아웃을 했기 때문에 퀘스트 완료 보상을 확인하지 못했던 것이다.

　바로 '카미레스의 기대에 부응하라' 퀘스트의 보상이었던 '용기사의 징표' 아이템.

　인벤토리의 구석에서 번쩍번쩍 빛나고 있는 '용기사의 징표'를 확인한 이안이, 곧바로 정보 창을 오픈해 보았다.

　띠링-!

용기사의 징표

등급 : 신화　　　　　　　　　**분류 : 잡화**

용기사단장 '카미레스'가 인정한 뛰어난 용사에게만 주어지는 징표이다.
이 징표를 지니고 있으면, 모든 '드래곤' 타입 소환수의 전투 능력을 3퍼센트만큼 증가시켜 준다.
또, 모든 '용족'과의 기본 친밀도가 10만큼 상승한다.
*이 징표가 있으면, 중간계에 있는 '용사의 마을'에 입장할 수 있습니다.
*유저 '이안'에게 귀속된 아이템입니다.
다른 유저에게 양도하거나 팔 수 없으며 캐릭터가 죽더라도 드롭되지 않습니다.

　'오호, 용족과의 친밀도야 당장에 쓸모 있는 스텟은 아니

지만, 드래곤 소환수 전투 능력 상승은 제법 쏠쏠한데?'

수치 자체는 '3퍼센트'로, 낮다고 생각할 수 있는 수준이
었다.

하지만 인벤토리에 지니기만 하면 되는 아이템이라는 점
에서 무척이나 만족스러웠다.

공짜로 버프 옵션 하나가 생겼으니, 마다할 이유가 없는
것이다.

그런데 잠시 후, 아이템 정보 창을 읽어 내려가던 이안의
두 눈이 살짝 확대되었다.

"어……?"

아이템 정보 창에, 이안으로서도 처음 보는 정보들이 들어
있었기 때문이었다.

'중간계라고? 게다가 용사의 마을? 이건 대체 뭐지?'

400레벨을 찍어야 입성할 수 있는 정령계부터 시작해서,
베히모스의 영혼을 찾으러 가야 하는 명계까지.

아직 가 보지 못한 차원계가 널려 있는데 '중간계'라는 새
로운 이름이 또 등장할 줄은 몰랐던 것이다.

심지어 이 '중간계'라는 차원은 명계나 정령계와 달리 어떤
곳일지 짐작조차 되지 않았다.

"뭐, 언젠가는 알게 되겠지."

어차피 계정 귀속 아이템이기에 잃어버릴 염려도 없었으니,
계속 들고 있다 보면 언젠가는 그 용도에 대해 알게 되리라.

편하게 생각한 이안이 '용기사의 징표' 아이템 창을 닫아 버렸다.

그리고 아이템 정보 창 대신, 길드 정보 창을 오픈했다.

"어디 보자, 지금이 새벽 6시니까, 아직 접속한 사람은 없겠지?"

접속 상태인 길드원 목록을 한번 확인해 본 이안은, 고개를 절레절레 저었다.

이안과 파티 플레이를 해 줄 만한 길드원이 아무도 접속해 있지 않았기 때문이었다.

한바탕 큰 전투를 치른 뒤, 다들 피곤에 지쳐 자는 듯했다.

"어쩔 수 없지. 우리 엘카릭스랑 오붓하게 사냥해야겠어."

엘카릭스를 떠올린 이안은 히죽 웃었다.

귀여운 그녀를 떠올리니, 자신도 모르게 기분이 좋아진 것이다.

"엘카릭스, 소환!"

위이잉!

이어서 푸른 빛무리와 함께, 이안의 앞에 엘카릭스가 나타났다.

"헤헤, 아빠, 푹 쉬셨어요?"

소환되자마자 해맑은 표정을 지으며 이안의 팔에 매달리는 엘카릭스.

아직까지 적응이 덜 된 이안은 살짝 움찔하기는 했지만,

그와 동시에 절로 미소가 떠올랐다.

"그, 그럼. 아주 푹 쉬고 왔지! 우리 엘카릭스는? 잘 쉬었니?"

"헷, 저도요."

기분이 좋은지 폴짝폴짝 뛰는 엘카릭스를 보며, 이안은 그녀의 정보 창을 한번 띄워 보았다.

'음, 170레벨이라……. 어제 정말 많이 올리기는 했네.'

물론 이제부터가 정말 필요 경험치량이 많아지는 구간이었지만, 그렇다고는 해도 하루만에 170레벨을 찍은 것은 어마어마한 것이었다.

용기사단장 카미레스와 용기병들이 버스를 태워 준 덕에 가능했다고 보는 것이 맞았다.

'오늘 목표는 240레벨이다! 원래 목표는 좀 빠듯하게 잡아야 성취감도 있는 법이지.'

이안의 시선이 다시 엘카릭스를 향했다.

고사리같은 작은 손으로 자신의 새끼손가락을 꼭 쥐고 있는 엘카릭스를 보니, 없던 기운도 솟아날 지경이었다.

이안은 이 귀여운 꼬마숙녀에게 애칭을 지어 주기로 했다.

"엘카릭스, 아빠가 이제부터 널 '엘'이라고 부르려는데, 어때?"

이안과 엘카릭스의 눈이 마주쳤다.

그리고 그녀는, 커다란 두 눈을 깜빡이며 환하게 미소 지었다.

"우왓, 좋아요! 그럼 나 이제부터 엘인 거예요?"

"그래, 엘. 이제부터 엘이라고 부를게."

"신난다아!"

'엘'이라는 별명을 얻은 엘카릭스는 정말 신이 나는지 이안의 팔에 대롱대롱 매달려서 환호성을 질렀다.

그런데 그때, 이안의 눈앞에 생각지도 못했던 메시지가 떠올랐다.

띠링―!

―소환수 '엘카릭스'에게 새로운 별명을 지어 주었습니다.

―고유한 이름을 가진 소환수에게 '별명'을 지어 주는 것에 성공하셨습니다.

―명성이 5천 만큼 상승합니다.

―소환수 '엘카릭스'와의 친밀도가 10만큼 증가합니다.

그리고 메시지를 확인한 이안에게 문득 하나의 사실이 떠올랐다.

'엇, 그러고 보니……. 카르세우스같이 고유한 이름을 가진 소환수는 이름을 지어 줄 수 없다고 했었는데?'

사실 이안은 카르세우스의 이름을 바꿔 보려 시도했던 적이 있었다.

이름이 너무 길어서 부르기 귀찮다는 이유에서였다.

하지만 카르세우스는 거부했고, 당시에 '고유한 이름을 가진 소환수는 이름을 변경할 수 없습니다.'라는 메시지가 떴었던 것이다.

'별명을 지어 주면 되는 거였군!'

게임 플레이에 큰 영향을 미칠 만한 부분은 아니었지만, 재밌는 사실을 발견한 이안은 히죽 웃었다.

카르세우스를 비롯한 다른 소환수들에게도 별명을 지어 줄 수 있겠다는 생각을 한 것이다.

왠지 뿍뿍이를 놀릴 때 아주 유용할 것 같은 콘텐츠였다.

"자, 그럼 엘, 우리 오늘도 사냥 한번 가 볼까?"

"우왕, 좋아요! 오늘도 어제처럼 까만 친구들 때려잡으러 가는 거예요?"

엘카릭스는 짧은 팔을 휙휙 휘두르며 대답했다.

"그, 그래. 까만 친구들 때려잡으러 가자."

"헤헷, 조금 무섭지만, 아빠랑 함께니까 재밌을 것 같아요!"

그런 그녀를 보며, 이안은 어쩐지 식은땀이 흐르는 것을 느꼈다.

'하나도 안 무서워 보이는데……'

어쨌든 엘카릭스의 대사는, '겁이 많은'이라 쓰여 있는 자신의 성격 정보에 어울리는 것이었다.

"웃차!"

엘카릭스를 번쩍 들어 목마를 태운 이안은 어디론가 걸어가기 시작했다.

사냥터로 가기 전, 들러야 할 곳이 한 군데 있었기 때문이었다.

　"흐음, 내가 왜 네 말을 들어야 하지?"
　거만한 표정으로 이안을 올려다보며, 퉁명스런 어투로 틱틱거리는 한 초딩. 아니, 소년.
　루가릭스의 앞에 쪼그려 앉은 이안이, 그를 설득하기 시작했다.
　"넌 이 인간계의 조화와 균형을 수호해야 하는 막중한 임무를 가지고 있잖아?"
　"그, 그렇지."
　"그러려면 어둠의 군대를 몰아내야 하고."
　"맞아."
　"난 지금 어둠의 군대와 싸우러 가는 길이거든. 그러니 너도 따라와야 하지 않겠어?"

　케이튼 영지와의 전투를 치렀던 어제.
　딱히 이안이 부탁하지 않았음에도 루가릭스는 로터스 왕국을 도왔다.
　그가 긴 잠에서 깨어난 이유가 어둠의 군대를 몰아내기 위함이었으니, 어둠의 군단과의 전쟁에 당연히 참전한 것이다.

하여 이안은, 개인적인 사냥에도 루가릭스를 적극적으로 활용할 생각이었다.

그 어떤 랭커와 비교하더라도 우월한 전투력을 가지고 있는 데다 경험치까지 가져가지 않는 NPC이니, 파티원으로 이보다 더 완벽한 녀석은 없는 것이다.

그리고 겸사겸사, '루가릭스 길들이기' 퀘스트도 시도해 볼 예정이었다.

'테이밍 마스터 클래스 티어 상승이라……. 아무리 어려워도 무조건 완수해야만 하는 퀘스트야.'

어떻게 테이밍해야 할지 감이 잘 오지는 않았지만, 어떤 시도든 지속적으로 해 봐야만 한다.

만약 루가릭스를 테이밍하지 못한 채 리치 킹 에피소드가 끝이 나면, 퀘스트에 실패하고 마는 것이기 때문이었다.

"흐음, 정말 어둠의 군대를 상대하러 가는 건가?"

"당연하지. 그게 아니었다면 널 데리러 오지도 않았을 거라고."

"으으음……."

하지만 왜인지 루가릭스는 썩 내켜하지 않는 듯했다.

그에 이안은, 조금 더 강수를 둬 보기로 했다.

"루가릭스, 너 엘카릭스 오빠라며?"

"그렇다."

"엘카릭스도 리치 킹의 군대를 물리치기 위해 나와 함께 가는데, 오빠라는 녀석이 성안에서 빈둥댈 셈이야?"

"……!"

생각지 못했던 이안의 공격에 루가릭스는 살짝 당황한 표정이 되었다.

그런데 바로 그때, 이안의 어깨에 올라타 있던 엘카릭스가 한 술 더 떠서 이안을 지원했다.

"아빠, 쟤가 내 오빠라고요?"

"응? 쟤 말로는 그렇다던데?"

"아닌데, 나 저런 오빠 없는데."

"그, 그래?"

"응! 난 저런 겁쟁이 오빠 없어."

"……!"

이안이 불을 붙이면서 쌍둥이 남매의 신경전이 시작되었다.

겁쟁이라는 말에 발끈한 루가릭스가 씩씩거리며 자리에서 일어섰다.

"누, 누가 겁쟁이야?"

"누구긴! 네가 겁쟁이지!"

"우씨, 너 오빠한테 겁쟁이라니, 내가 얼마나 용감한데!"

"베에, 우리 아빠가 너보다 훨씬 용감하거든! 그리고 네가 왜 내 오빠야?"

"그, 그야 내가 오빠니까."

"몰라! 난 인정할 수 없어. 아빠, 쟤 버리고 가요. 나 겁쟁이랑 안 놀 거야."

영혼석에서 깨어난 엘카릭스는 과거의 기억이 없는 듯했다.

이안을 아빠로 인식한 것부터 시작해서 쌍둥이 오빠라는 루가릭스를 알아보지 못하는 것까지.

엘카릭스의 상태는 카르세우스때와는 다른 양상을 보이고 있었다.

'뭐지? 이거 어떻게 흘러가는 거야?'

원래의 계획과는 조금 틀어졌지만, 어쩐지 더 나은 방향으로 흘러가는 듯했다.

티격태격하는 둘을 구경하던 이안이, 루가릭스를 살살 꼬이기 시작했다.

"야, 루가릭스."

"으응?"

"너 용맹한 어둠의 신룡이잖아."

"맞아! 난 용감해!"

"그럼 그걸 보여 주면 되잖아."

"어떻게?"

"어떻게 하긴! 나랑 같이 어둠의 군대와 싸우면서 보여 주면 되지."

"……!"

루가릭스는 어린 정신 연령과 함께 강한 자존심을 가지고 있는 어둠의 신룡이었다.

때문에 어둠의 군대를 몰아내야 한다는 사명이 있음에도, 인간에 불과한 이안에게 끌려다니기 싫었던 것이다.

한데 엘카릭스까지 가세해서 자신을 약 올리니, 도무지 나서지 않을 수가 없었다.

"조, 좋아! 내가 반드시 이안보다 용맹하다는 걸 보여 주고 말겠어!"

주먹까지 불끈 쥐며 다짐하는 루가릭스였다.

하지만 엘카릭스는 그가 못 미더운지, 혀를 날름 내밀며 한마디를 덧붙였다.

"어디서 쪼꼬만 게 우리 아빠 이름을 마음대로 불러?"

"우씨!"

입이 댓 발 나온 루가릭스가 씩씩거리며 바깥으로 나섰다.

그리고 이어서 이안의 눈앞에 한 줄의 시스템 메시지가 떠올랐다.

띠링-!

-어둠의 신룡 '루가릭스'가 파티에 합류합니다.

이안의 한쪽 입꼬리가 슬쩍 말려 올라갔다.

루가릭스는 강력하다.

하지만 아직까지도, 이안은 정확한 루가릭스의 능력을 파악하지 못한 상태였다.

다만 어렴풋이 짐작할 뿐.

'신화 등급의 드래곤이니, 당연히 브레스와 드래곤 스킨은 장착하고 있을 거고……. 마법의 일족 능력도 가지고 있겠지.'

경험치 버프가 끝나기 전까지 최대한 루가릭스의 능력을 뽑아먹기 위해서는 최대한 정확하게 루가릭스의 스킬들을 알아야만 했다.

때문에 이안은, 아직까지 뚱한 표정이 되어 있는 루가릭스를 향해 슬쩍 운을 떼었다.

"루가릭스, 너 지난번에 쓰던 광역 마법, 그거 뭐야?"

"뭐 말인가."

그리고 이안이 다시 입을 열려는 순간, 방해꾼이 한 발 빨리 대화에 끼어들었다.

"꼬맹이, 너 자꾸 우리 아빠한테 반말할래?"

"우씨, 넌 좀 빠져 있어! 오라버니 말씀하시는데."

"우쒸."

티격태격 다투기 시작하는 두 남매.

그에 이안은 난처한 표정이 되었다.

'엘아, 내 편 들어 주는 건 좋은데…….'

뭔가 기분이 좋기는 하지만 정신이 없었다.

두 꼬맹이의 신경전으로 인해 대화가 제대로 진행되지 않자, 이안이 중재에 나섰다.

엘카릭스를 안아들며, 할 수 있는 최대한 다정한 목소리로 그녀를 타이른 것이다.

물론 엘카릭스의 편을 들었음은 당연했다.

"우리 착하고 예의바른 엘이가 좀 이해해 주자. 이 꼬맹이 태생이 좀 버릇없어서 그래."

그에 엘카릭스는 어쩔 수 없다는 표정으로 팔짱을 끼며 고개를 주억거렸다.

"흐응, 그렇다고 해 두죠, 뭐."

물론 루가릭스는 강하게 반발했지만 말이다.

"아니야! 버릇없다니! 대체 누가?"

"여기에 엘이랑 나 말고 또 누가 더 있어? 너지, 짜샤."

"우쒸."

그의 말에 루가릭스의 입이 삐죽 나왔지만, 이안은 개의치 않았다.

한 번 강하게 나가기로 한 이상, 중간에 약한 모습을 보이면 오히려 기어오를 게 분명하다고 생각했기 때문이었다.

"예의는 바라지도 않으니까 대답이나 해, 꼬맹아. 지난번에 썼던 그 회오리 같은 마법, 뭐야?"

케이튼 영지의 전투에서, 가장 눈에 띄는 활약을 보였던 것은 이안이었다.

하지만 그렇다고 해서 이안의 기여도가 가장 컸던 것은 아니다.

워낙에 유명한 랭커인 데다 선봉에서 어둠군대의 진영을 무너뜨렸기에, 많은 이들의 이목이 집중되었을 뿐.

사실상 500레벨인 루가릭스나 카미레스보다 더 많은 기여를 했을 수는 없는 것이다.

소환수들이라도 전부 소환해 놓았으면 모를까 엘카릭스의 레벨 업을 위해 아무 소환수도 소환해 두지 않았었으니, 어떤 면에서는 훈이나 레비아 같은 랭커보다도 기여도가 더 낮다고 볼 수도 있었다.

그렇다면 실질적으로 승리에 가장 지대한 공헌을 한 것은 누구였을까.

그것은 놀랍게도, 카미레스나 용기병단이 아닌 루가릭스였다.

특히 마지막 몬스터 웨이브에서 소환했던 거대한 어둠의 회오리는, 입이 쩍 벌어질 정도로 어마어마한 위력을 가지고 있었던 것이다.

떡대의 어비스 홀이 블랙홀이라면, 루가릭스의 회오리는 '움직이는 블랙홀'이랄까.

모든 것을 빨아들이며 부수고 지나가는 위력적인 CC기이자 공격 마법이다.

게다가 루가릭스가 구사하는 고유 능력은 그것뿐만이 아니었다.

루가릭스는 이안이 알지 못하는 여러 가지 능력들을 보여 주었다.

　때문이 이안은 그 스킬들의 구체적인 스펙에 대해 알고 싶었다.

　그 스킬들을 제대로 활용하면, 사냥 효율을 최대치로 끌어올릴 수 있을 것이기 때문이었다.

　두 드래곤 남매의 신경전이 일단락되고 나자, 루가릭스는 우쭐대며 스킬에 대해 설명했다.

　"아, 그 스킬. 그건 내 고유 능력이라기보다 마법이야."

　"마법?"

　"그래. 9서클의 흑마법인 소울스톰이지."

　"9서클이라고……? 정말이야?"

　"그럼, 정말이지. 신룡이 언제 거짓말하는 것 본 적 있어?"

　"뭐, 거짓말하는 걸 본 적은 없는 것 같네. 그나저나 놀랍네, 9서클이라니……."

　"후후, 엄청나지? 내 흑마법 실력은 대단하다고."

　이어서 설명을 들은 이안의 머리가 재빨리 회전하기 시작했다.

　이안의 머릿속에 다시 떠오른, 거대한 어둠의 폭풍.

　9서클의 마법이라면 그만한 위력도 충분히 이해가 됐다.

　아직까지 인간 마법사 유저들 중에는 9서클의 마법을 구사하는 유저가 아무도 없었으니 말이다.

'고유 능력이 아니라 마법이라면……. 마법의 일족 능력으로 배운 마법이라는 말이겠고.'

더해서 흑마법이 강력한 공격력을 가지려면, 루가릭스의 전투 능력치도 엘카릭스처럼 지능 위주로 구성되어 있다는 이야기였다.

이안은 더 많은 정보를 캐내기 위해 루가릭스를 살살 구슬렸다.

잘만 하면 루가릭스의 스킬들에 대한 정보뿐 아니라 엘카릭스에게 가르칠 9서클 스킬들을 구할 방법까지도 알 수 있을 것 같았다.

이안은 목소리 톤부터 바꾸었다.

"우와, 루가릭스, 보기보다 엄청난데? 그런 마법은 어디서 배우는 거야?"

지능 수치와 별개로 단순하기 그지없는 루가릭스다.

그리고 이런 루가릭스는, 칭찬과 약 올림에 무척이나 약할 게 분명했다.

그것은 이안이 그간 소환수들을 키워 오며 얻게 된 통찰력 같은 것이었다.

그리고 이안의 예상처럼, 우쭐한 루가릭스가 정보를 술술 풀기 시작했다.

"엣헴. 이 몸의 대단함을 이제야 깨달은 거야?"

"그렇다니까? 난 9서클의 마법이라는 게 있는지도 몰랐다고."

"후후, 그럴 수밖에. 인간계에는 9서클의 마법이 없으니 말이야."

"오오, 그래?"

"9서클의 마법을 배우기 위해서는 말이지…….."

그리고 루가릭스의 입에서 나온 이야기들은, 하나하나가 그야말로 놀라운 것들이었다.

지금껏 카일란을 플레이하면서, 단 한 번도 들어 본 적 없었을 정도의 고급 정보들.

"9서클의 마법서는, 인간들의 능력으로 만들어 낼 수 있는 물건이 아니야. 초월적인 존재들만의 영역이라 할 수 있지. 때문에 '중간계'에 가야만 9서클 이상의 마법들을 구할 수 있어."

"중간계라면……?"

"중간계는 하나의 차원계를 지칭하는 말이 아니야. 그에 대해 짧게 설명하자면……."

루가릭스는 이 세계에 존재하는 수많은 차원계를 세 가지의 종류로 분류할 수 있다 설명하였다.

그 첫 번째 분류가 바로, 인간계나 마계와 같은 차원계가 속해 있는 '지상계'.

지상계에는 가장 많은 차원이 존재하며, 심지어 인간계와 마계도 하나가 아니라고 하였다.

마우리아 제국이 있었던 남섬부주나 과거 '할리'를 테이밍

했던 고대의 차원계까지도.

같은 차원계가 몇 개나 존재하는지 루가릭스조차도 알 수 없다는 것이다.

그런데 그 말을 듣는 순간, 이안의 머릿속에 가장 먼저 떠오른 것은 다름 아닌 '서버'였다.

'인간계와 마계가 여러 개 존재한다는 건, 어쩐지 다른 나라의 서버들을 의미하는 것 같은데…….'

어디까지나 가정일 뿐이었지만, 어쩐지 그럴싸하다는 추측이었다.

그리고 이안이 그에 대해 생각을 하고 있을 때, 차원계의 두 번째 분류에 대한 루가릭스의 설명이 다시 이어졌다.

루가릭스의 입에서 방금 전에 나왔던 이야기이기도 하며, 이안이 카미레스로부터 얻은 '용기사의 징표' 아이템 설명 창에도 쓰여 있었던 바로 그 중간계였다.

"지상계만큼은 아니지만, 중간계 또한 여러 가지 차원이 존재해. 정령계나 명계, 천계. 그리고 우리 드래곤들의 고향인 용천龍天과 같은 곳이 바로 중간계지. 나도 모든 차원계를 아는 건 아니니까 다 설명해 줄 수는 없어."

중간계와 지상계는 많은 차이가 있지만, 가장 두드러지는 차이는 같은 차원계가 여러 개 존재하지 않는다는 점이었다.

그리고 이전의 가정이 맞다는 전제 하에, 이안은 또 하나의 가정을 세워 볼 수 있었다.

'만약 지상계의 수많은 차원계가 서버를 의미하는 거라면, 각각 하나밖에 존재하지 않는다는 중간계에서는 다른 서버의 유저들을 만날 수도 있게 되는 게 아닐까?'

생각이 여기까지 미치자, 이안의 가슴이 미친듯이 뛰기 시작했다.

한국 서버의 랭커들도 충분히 강력하지만, 다른 나라 서버의 랭커들과도 경쟁할 수 있게 된다면 더욱 흥미진진할 것 같았기 때문이었다.

또, 그로 인해 파생될 수 있는 콘텐츠도 정말 무궁무진할 것이었다.

'이거 정말 기대되는데?'

그리고 이안이 이런저런 생각을 하는 사이, 루가릭스의 마지막 설명이 이어졌다.

"마지막으로 중간계의 위에는 천상계라는 곳이 있어."

"천상계?"

"응. 그리고 여기에 대해서는 딱히 설명할 게 많지 않아. 내가 잘 모르는 영역이기도 하거니와, 천상계는 단 하나의 차원만 존재하거든."

"……?"

"천상계를 다른 말로 '신계'라고 하거든."

루가릭스의 설명은 여기서 끝이었다.

하지만 이것만으로도 이안의 머릿속은 복잡해질 대로 복

잡해진 상태였다.

앞으로 카일란을 플레이함에 있어, 고려해야 할 요소들이 산더미같이 많아졌기 때문이었다.

어쨌든 카일란의 세계관에 대해 무척이나 유익한 정보들을 들은 이안은 루가릭스의 머리를 슥슥 쓰다듬어 주었다.

"짜식, 생각보다 똑똑한데?"

"그, 그럼! 난 아는 게 정말 많다고."

"그러게. 의외로 똘똘한 구석이 있어."

"뭔가 기분이 나쁜데……. 그거 칭찬이지?"

"당연하지."

처음에는 그저 엘카릭스에게 가르치기 위한 마법을 얻어 보려고 시작했던 루가릭스 구슬리기였다.

하지만 이렇게 스케일이 커진 이상 이안은 궁금한 것들을 더 물어보기로 했다.

"그럼 루가릭스, 너는 중간계 중 어디어디를 가 본 거야?"

"나야 용천龍天을 제외하면 가 본 곳이 없지."

"그래? 그럼 다른 곳에는 가는 방법을 모르겠네?"

"응, 다른 중간계로 가는 방법은 몰라."

"흐음, 그래도 용천에 가는 방법은 당연히 알겠지?"

"물론."

하지만 루가릭스는 용천에 가는 방법에 대해 구체적으로 말해 줄 수 없다고 이야기했다.

용신이 내린 지고한 명령 때문.

하지만 기분이 좋아진 덕분인지, 약간의 힌트는 던져 주었다.

"용의 제단. 그 어딘가에 용천으로 통하는 힌트가 있을지도 몰라. 내가 이야기해 줄 수 있는 건 여기까지야."

"그래? 용의 제단이라……. 어디서 들어 본 것도 같은데."

이안은 루가릭스의 말을 곱씹어 보았다.

새로운 정보는 머릿속에 정확히 넣어 두어야 하기 때문이었다.

그런데 잠시 후, 이안의 두 눈이 돌연 크게 확대되었다.

하나의 기억이 순간적으로 이안의 뇌리를 스치고 지나갔기 때문이었다.

'용의 제단……! 그 깊숙한 곳에 있었던 차원의 문!'

남섬부주, 세이치 고원에 있던 널찍한 필드인 용의 대지.

그리고 그곳에 있었던 거대한 첨탑이, 이안의 머릿속에 떠오른 것이다.

이안이 여의주를 훔치기 위해 들어갔던 바로 그곳.

'용의 제단'이라는 이름의 던전이 이안의 머릿속에 또렷이 떠올랐다.

'그래. 그때 퀘스트 클리어 조건이었던 차원의 문이 용천이라는 중간계로 통하는 문이었던 거야!'

단지 사냥을 좀 더 효율적으로 하기 위해 시작했던 '루가릭스 구슬리기'.

　이것이 이안에게 생각지도 못했던 굵직한 정보들을 가져
다주고 있었다.

　"루가릭스, 이쪽으로 몰아 와!"

　"오케이, 좋았어! 소울 스톰!"

　"그렇지! 최고야, 루가릭스!"

　루가릭스에게 양질의 정보를 뜯어낸 뒤, 이안은 어둠의 드
래곤을 신나게 굴리기 시작했다.

　그리고 루가릭스는 생각보다도 훨씬 유능한 인재였다.

　루가릭스가 구사할 수 있는 마법은 대부분이 흑마법이었
고, 때문에 스켈레톤부터 시작해서 데스나이트까지 각종 언
데드를 소환할 수 있었던 것이다.

　덕분에 이동속도가 빠른 '레이스'같은 언데드를 동원해서
어둠의 군대를 몰아오고, 소울스톰이나 브레스를 사용해서
일망타진하는 완벽한 매커니즘이 완성될 수 있었다.

　'이거 완전 새 나라의 일꾼인데?'

　이안의 기준에서는 그야말로 참된 일꾼인 루가릭스.

　가만히 있어도 경험치가 쭉쭉 오르니, 이안은 굿이나 보고
떡이나 먹으면 되는 수준이었다.

물론 그렇다고 해서 가만히 놀고 있을 이안은 아니었지만 말이다.

이안은 이안 나름대로, 쉴 새 없이 움직이며 자신이 할 수 있는 모든 것을 하고 있었다.

모든 사냥 효율을 따져 가면서 말이다.

"어, 저기 네임드다! 루가릭스, 내가 저놈 상대하고 있을 테니까, 저쪽으로 다 몰아와!"

"저 녀석, 강해 보이는데……. 최강의 드래곤인 이 루가릭스의 힘이 필요하지 않겠어?"

"잔말 말고 저 녀석들이나 몰아와, 짜샤."

광역기 한 방에 정리되지 않을 것 같은 높은 등급의 네임드 몬스터는, 루가릭스가 잡몹들을 모으는 동안 이안이 미리 나서서 생명력을 빼 놓았다.

게다가 중간중간 루가릭스의 반발을 잠재우는 기술도 점점 탁월해지고 있었다.

"이안, 지금 나한테 명령한 거야?"

"설마……. 그럴 리가. 우리 중에 네가 제일 잘하니까 부탁한 것뿐이라고."

"그……런 거야?"

"그렇다니까?"

한 번씩 루가릭스가 이해할 수 없는 의문을 제기할 때도 있었지만…….

"이안, 혹시 네가 센 놈 잡아서 나보다 더 용맹해 보이려는 건 아니지?"

"에이, 그럴 리가 없잖아. 생각해 봐, 루가릭스. 난 1:1로 엄청 오래 싸워야 하지만, 넌 한 방에 수십 놈을 쓸어 버리잖아."

"그, 그렇지."

"그럼 누가 용맹한 거야?"

"당연히 나지!"

"그렇지?"

"응!"

"그럼 얼른 다녀오도록."

"알았어! 내가 멋지게 해 볼게!"

돌발 상황마저 완벽히 대처하며 '테이밍 마스터'다운 면모를 보여 주고 있었다.

심지어 이제는 거의 분위기가 파악된 엘카릭스도 한마디씩 거들었다.

"오라버니, 멋있어요!"

"……!"

엘카릭스의 한마디에 루가릭스의 양 볼이 즉각적으로 발그레해졌다..

"내, 내가 원래 좀 멋있지."

두 부녀는 죽이 척척 맞았다.

그리고 그것은 이안조차 소름이 끼칠 정도였다.

'그나저나 엘이 이 녀석은 좀 무서운데……?'

어쨌든 루가릭스는 이안이 비행기를 태워 줄 때마다 신나서 어둠의 군대를 쓸어 담았고, 덕분에 엘카릭스는 엄청난 속도로 레벨 업을 하고 있었다.

─소환수 '엘카릭스'의 레벨이 올라 169레벨이 되었습니다!

─소환수 '엘카릭스'의 레벨이 올라 170레벨이 되었습니다!

─소환수 '엘카릭스'의 레벨이 올라 171레벨이 되었습니다!

그러나 이안이 항상 루가릭스에게 달콤한 말만을 하는 것은 아니었다.

당근이 있다면 당연히 채찍도 있어야 하는 법.

"흐음, 이제 어둠의 군대는 충분히 소탕한 것 같아, 이안. 레어로 돌아가서 좀 쉬어야겠어."

"에헤이, 그게 무슨 소리야? 이제 준비운동 끝났는데."

"으응?"

"루가릭스 너, 용맹하긴 한 것 같은데, 보기보다 좀 허약하다?"

채찍질과 동시에 슬쩍 미끼를 흘리는 것도 잊지 않았다.

"그게 무슨 소리야? 난 강하다고!"

"에이, 아닌 것 같은데? 지금 피곤하고 힘들어서 쉬러 가고 싶었던 것 아니야?"

"무슨 소리! 그럴 리가 없잖아?"

그리고 루가릭스가 미끼를 물면, 낚아 올리는 타이밍 또한 예술에 가까웠다.

"그래? 역시 그렇지? 용맹한 어둠의 드래곤이 그렇게 허약할 리 없었어."

"당연할 말씀! 내가 허약할 리가 없지!"

"미안해, 내가 잘못 생각했어, 루가릭스."

"헤헤, 아니야, 이안. 오해할 수도 있지 뭐."

루가릭스가 나름의 공격을 해 봐도, 그것은 제 무덤을 파는 꼴일 뿐이었다.

"난 오히려 이안이 쉬고 싶을까 봐 그랬던 거야. 사실 나도 이제야 준비운동이 막 끝나던 참이었거든!"

"아, 그런 거였구나? 역시! 루가릭스는 배려심도 대단해!"

"후후, 난 항상 대단하지."

"그럼 어서 다시 시작하자! 난 아직 멀쩡하니까 말이야. 만약 힘들면 쉬자고 얘기할게!"

"그래, 좋았어!"

그리고 최대 수혜자라고 할 수 있는 엘카릭스는, 이안의 목마를 탄 채 꼼지락거리며 이 광경을 구경하고 있었다.

그녀의 두 눈은, 마치 만화영화를 처음 보는 3세 영유아의 그것처럼 초롱초롱 빛났다.

루가릭스가 사냥감 몰이를 하러 떠나자, 엘카릭스가 몽롱한 표정으로 입을 열었다.

"아빠."

"으응?"

"오늘 대단한 걸 배운 것 같아요."

"그, 그렇지?"

"네. 엘이 인생 일주일에 이렇게 유익한 경험은 처음이에요!"

"유익?"

"네! 방금 엄청난 걸 깨달았거든요."

궁금해진 이안이 조심스레 물었다.

"엄청난 깨달음이라면……?"

이어서 엘카릭스가 활짝 웃으며 대답했다.

"아빠처럼 살면 어디 가서 손해 볼 일은 없을 것 같다는 깨달음요."

그에 이안은 멋쩍은 웃음을 지어 보이며 그녀의 말에 수긍했다.

"맞아, 이 아빠가 어디 가서 손해 보고 그런 타입은 또 아니지."

그리고 생후 일주일도 안 된 드래곤의 놀라운 학습 능력에, 속으로 감탄했다.

'역시, 드래곤은 다른 건가?'

루가릭스도 드래곤이며, 심지어 엘카릭스의 쌍둥이 오빠라는 사실을 어느새 까먹은 이안이었다.

엘카릭스가 경험치 버프를 받는 일주일이라는 시간은 생각보다 빠르게 지나갔다.

　그동안 로터스 왕국은 세 차례나 더 엘리카 왕국을 공격했으며, 무려 다섯 개의 영지를 점령하는 데 성공했다.

　첫 영지인 케이튼 영지가 어려웠을 뿐, 한 번 물꼬가 트이자 엘리카 왕국군이 차례로 무너져 내리기 시작한 것이다.

　그리고 모든 전쟁에 이안이 참전했음은 너무도 당연한 이야기였다.

　'루가릭스만 데리고 하는 사냥도 쏠쏠하긴 하지만……. 역시 경험치 폭탄은 전쟁이 최고지.'

　쿵-!

　다섯 번째 영지의 영주성에 로터스의 깃발을 꽂은 이안은, 두 손을 번쩍 들어 올리며 큰소리로 입을 열었다.

　"내가 두려워하는 적은 강력한 몬스터가 아니다."

　그에 순간적으로 시끌벅적하던 전장이 조용해졌다.

　이안이 뭔가 그럴싸한 말을 시작하자, 귀를 기울이기 시작한 것이다.

　그리고 좌중을 한 번 둘러본 이안이, 무척이나 진지한 표정으로 힘주어 말을 이었다.

　"다만 아이템과 경험치를 주지 않는 적이 두려울 뿐!"

어딘가 위화감이 느껴지는 이안의 대사였지만 분위기에 취한 로터스 왕국군은 미친 듯이 환호성을 질러 댔다.

　"우와아아!"

　"이안 폐하 만세!"

　"로터스 왕국 만세! 이안 폐하 만세!"

　그리고 영주성을 둘러싼 수천의 왕국군이 환호하는 광경은, 그야말로 장관이라 할 만했다.

　"크으, 취한다!"

　이안의 입에선 자신도 모르게 입에서 감탄사가 흘러나왔다.

　하지만 이안은 분위기에 취한 것이 아니었다.

　어느새 레벨 업이 보일 정도로 가득 차오른 경험치 게이지에 취한 것일 뿐이었다.

　무척이나 만족스러운 표정으로 단상에서 내려오는 이안을 향해, 헤르스가 작은 목소리로 물었다.

　"야, 뭔가 대사가 이상하잖아!"

　"뭐가?"

　"그, 그러니까 뭔가 틀린 것 같은데……."

　일단 함께 환호하기는 했지만, 뭔가 위화감을 느낀 헤르스였다.

　그리고 비교적 말짱한 정신 상태인 피올란이 문제점을 지적해 주었다.

　"그거 알렉산더 대왕 명언 아닌가요?"

"그, 그래 맞아. 따라할 거면 좀 제대로 따라하든가! 이거 수많은 카일란 유저들이 라이브 영상으로 보고 있을 텐데!"

"맞아요, 이안 님. 쪽팔림은 길드원 몫이라고요."

하지만 이안은, 지적을 당했음에도 당당하기 그지없었다.

"무슨 말이야, 틀렸다니. 난 지금 이 순간 내가 느낀 그대로를 표현한 것뿐이라고."

"뭐, 뭘 느꼈는데?"

"경험치, 그리고 득템의 위대함! 크으!"

"……."

할 말을 잃은 헤르스가 고개를 절레절레 저었고, 이안은 그저 실실 웃으며 정보 창을 확인할 뿐이었다.

'캬, 392레벨이라니……. 일주일 만에 나도 4레벨이나 올렸군.'

정령왕으로부터 퀘스트를 받았을 때는 까마득해 보이기만 했던 400레벨이, 어느새 금방이라도 잡힐 듯 다가온 것이다.

이어서 이안은 엘카릭스의 정보 창을 오랜만에 열어 보았다.

엘카릭스 (빛의 신룡)	
레벨 : 279	분류 : 신룡
등급 : 신화	성격 : 겁이 많은
완전체	
공격력 : 5,301	방어력 : 6,975

민첩성 : 4,185 지능 : 12,555
생명력 : 2,130,165/2,130,165
……후략……

엘카릭스의 정보 창을 확인하자마자 떠오르는 이안의 뿌
듯한 미소.

어느새 1만이 훌쩍 넘은 지능과 200만이 넘는 생명력 수치
를 보고 있자면, 밥을 먹지 않아도 배가 부른 느낌이 들 정도
였다.

'카르세우스의 공격력도 이맘때쯤 겨우 다섯 자리 수 찍었
던 것 같은데 벌써 1만2천이라니……. 확실히 지능 성장률만
큼은 어마어마하네.'

카르세우스의 능력치 구성은 거의 공격력에 몰려 있다고
할 수 있었다.

그런데 엘카릭스의 지능 수치가 그보다 더한 수준인 것
이다.

물론 공격력이나 민첩성은 드래곤이라기에 형편없이 부족
했지만, 준수한 탱킹 능력을 감안하면 흠이랄 만한 것도 아
니었다.

'이제 고위 공격 마법만 몇 개 장착시켜 주면, 화력이 제법
나오겠어.'

빛 속성의 고위 공격 마법이 담긴 스킬 북은 경매장에서

테이밍마스터

잘 팔리지도 않는다.

그도 그럴 것이, 수요가 거의 없는 것이다.

애초에 빛 속성을 갖고 있는 사제는 딜러 포지션이 아니었으며, 빛 속성을 가진 마법사는 존재하지도 않기 때문이다.

가끔 사제들이 일탈 용도로, 싼 맛에 구매하는 게 지금까지의 빛 속성 공격 마법 스킬 북이었다.

덕분에 이안은 반사이익을 볼 수 있게 되었다.

'으흐흐, 한 1천만 골드 정도면 우리 엘이 마법 풀세팅해 줄 수 있겠어.'

최상위 티어 화염 공격 마법인 잉걸불의 경우, 최대 1억 골드에도 거래가 성사된다.

그것과 비교하면 1천만 골드로 골라서 쇼핑할 수 있는 빛 속성의 공격 마법은, 정말 거저라고 할 수 있는 것이다.

'이제 경험치 버프도 끝났으니, 좀 여유롭게 경매장 가서 쇼핑이나 해 볼까?'

로터스 왕국의 다음 전쟁은 내일 모레나 되어야 다시 시작될 것이니, 이안은 오랜만에 여유를 즐겨 보기로 했다.

"엘아, 우리 쇼핑이나 하러 가 볼까?"

이안의 물음에 엘카릭스가 두 눈을 반짝이며 되물었다.

"쇼핑? 그게 뭐예요, 아빠?"

그리고 부담스러울 정도로 반짝이는 그녀의 눈빛을 본 이안이 본능적으로 슬쩍 거짓말을 했다.

"음……. 그러니까, 우리 엘이가 갖고 싶은 거 구경하는 걸 쇼핑이라고 한단다."

하지만 이안의 거짓말은 전혀 통하지 않았다.

"에이, 아빠. 그건 아이쇼핑이잖아요."

"……?"

"우린 아이쇼핑 말고 진짜 쇼핑하러 가는 거 맞죠?"

순간 이안의 등을 타고 흐르는 한 줄기의 식은땀.

그리고 이안은 뭔가 이상하다는 것을 느꼈다.

"엘이, 너 쇼핑이 뭔지 알고 있었잖아?"

하지만 똑똑한 엘카릭스는 함정을 교묘히 피해 갔다.

"에이, 설마요. 저는 아이쇼핑이 뭔지 알고 있었을 뿐이라고요. 쇼핑이 뭔지는 몰랐어요."

"……."

할 말이 없어진 이안은 벙 찐 표정이 되었고, 엘카릭스는 빠른 애교로 상황을 정리하였다.

"아빠, 저 빨리 쇼핑하러 가고 싶어요."

"쇼핑이 뭔데?"

"뭔지는 모르는데 막 하고 싶고 그런 거 있죠."

"……."

이안은 어느새 엘카릭스의 손에 이끌려 경매장으로 향하고 있었다.

엘카릭스의 활약

Taming
Master

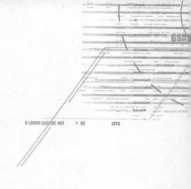

어찌 보면 당연한 얘기겠지만, 카일란의 모든 시설물은 해당 지역의 발전 정도에 따라 그 규모가 성장한다.

그리고 도시의 가장 중요한 시설물 중 하나인 경매장 또한 당연히 그 안에 포함된다.

도시의 레벨이 올라갈수록 경매장 시설물 레벨 상한선도 같이 올라가기 때문이다.

하여 지금까지 카일란에서 가장 큰 규모였던 경매장은, 과거 거대 제국이었던 카이몬과 루스펠 제국의 수도에 있었던 경매장이다.

하지만 이제 제국은 사라졌고, 당연히 해당 경매장 또한 사라졌다.

하여 현존하는 경매장 중 가장 큰 것이 로터스 왕성에 있는 경매장이었고, 지금 엘카릭스와 이안은 벌써 30분째 경매장을 돌아다니는 중이었다.

"아빠, 이거 갖고 싶어요. 이거!"

"그, 그래?"

"네! 너무 예뻐요오!"

매장 구석에 진열되어 있는 털모자를 든 엘카릭스가 아장아장 뛰어왔다.

이어서 이안의 눈에, 자연스럽게 아이템의 판매 정보 창이 떠올랐다.

띠링.

하얀 드래곤 털모자

가격 : 307,698골드
판매자 : 비공개
판매 종료까지 남은 시간 : 7:14:27
(판매 시간이 종료되면 5퍼센트 낮은 가격으로 갱신됩니다.)
분류 : 코스튬
(코스튬 아이템은, 장비 위에 착용할 수 있습니다.)
옵션 : 한기 저항 +3
　　　　매력×1.25
−북부 대륙의 희귀한 동물인 '눈꽃사슴'의 가죽으로 만든 털모자입니다.
로터스 왕국 최고의 의류 디자이너인 '유피나'가 제작한 리미티드 에디션입니다.
귀여운 아기 드래곤의 얼굴을 콘셉트로 디자인한 털모자입니다.

아이템의 정보 창을 읽어 본 이안은 속으로 한숨을 내쉬었다.

'후유, 코스튬 아이템이라니……. 게다가 옵션도 완전 저질이잖아.'

이안은 아이템에 돈을 아끼지 않지만, 철저한 실용주의였다. 때문에 그는 지금까지 코스튬 아이템을 잘 구입하지 않았다.

기본 코스튬 아이템만 대충 사다 장착하여, 코스튬으로 얻을 수 있는 최소한의 옵션만 챙겼던 것이다.

코스튬의 경우 5천 골드짜리든 100만 골드짜리든, 옵션 차이가 거의 나지 않았기 때문이다.

코스튬 아이템의 가격 차이는, 거의 '디자인'에 좌우되는 것이었다.

"으음, 30만 골드라……. 투쁠 꽃등심으로 하루 세끼를 해결할 수 있는 돈인데……."

이안의 중얼거림을 들었는지, 엘카릭스의 따가운 시선이 느껴졌다.

그에 이안은 식은땀을 흘리며 엘카릭스에게 물었다.

"엘아, 이 옵션도 제대로 안 붙은 털모자를 '30만' 골드나 들여서 꼭 사야겠니?"

유독 '30만'이라는 말을 강조하는 이안이었다.

하지만 엘카릭스는 완고하기 그지없었다.

"어차피 전 드래곤이라 옵션 의미 없잖아욤."

카일란에서는 NPC도 아이템을 착용할 수 있지만, 인간형이 아닌 NPC는 아무런 옵션도 적용받지 못한다.

드래곤 주제에 카일란의 아이템 옵션이 어떤 식으로 적용되는지까지 빠삭하게 꿰고 있는 엘카릭스였다.

이안의 표정에 다시 당혹감이 어렸다.

"너 별걸 다 안다?"

하지만 엘카릭스는 또다시 애교로 무마할 뿐이었다.

"헤헤, 아빠, 어서요."

"……."

그리고 부들부들 떨리는 이안의 손은 어쩔 수 없이 털모자를 향했다.

띠링-!

-'하얀 드래곤 털모자' 아이템을 구입하셨습니다!

-'307,698골드'를 소모하셨습니다.

빠져나가는 골드를 보며, 이안의 두 눈에 슬픔이 어렸다.

'크윽, 내가 현실에서 입고 있는 옷 머리부터 발끝까지 다 합해도 이거보다 싼데…….'

하지만 이것은 시작일 뿐, 엘카릭스의 쇼핑은 끝날 줄을 몰랐다.

띠링-!

-'드래곤 발바닥' 아이템을 구입하셨습니다.

-'239,820골드'를 소모하셨습니다.

-'드래곤의 날개 드레스' 아이템을 구입하셨습니다.

-'970,981골드'를 소모하셨습니다.

코스튬 아이템에만 무려 200만 골드 가까운 지출을 한 이안의 얼굴에 그늘이 내려앉았다.

"엘아, 그 식탁보같이 생긴 드레스를 꼭 사야겠니?"

"식탁보라뇨!"

"우리 집 식탁보가 꼭 그렇게 생겼던데…….."

"우씨, 아니거든요!"

평소에 코스튬에 아낌없이 돈 쓰는 유저들을 전혀 이해하지 못했던 이안은, 자신이 그 상황이 될 줄은 꿈에도 생각지 못했었다.

'아, 가상현실 게임에서도 아빠 노릇이란 힘든 거구나.'

이안의 가슴속에, 문득 부모님에 대한 존경심이 무럭무럭 솟아나기 시작했다.

이어서 하린이 보고 싶어졌다.

'가만, 내가 엘이 아빠니까……. 하린이가 엄마잖아? 양육의 고통을 나 혼자 느낄 필요가 없는 거였어!'

하지만 하린에게 시간이 없다는 사실을 깨달은 이안의 표정이 다시 시무룩해졌다.

최근 외식 사업으로 인해 정신없이 바쁜 하린이었다 .

하린에게 엘이를 맡겨 놓으면, 하루 종일 방치당할 게 분명했다.

그렇게 되면 귀엽고 사랑스러운 엘이가 삐뚤어질 위험이 있었다.

'그럴 순 없지!'

뭔가 사명감을 느낀 이안이 두 주먹을 불끈 쥐었다.

그런데 그때, 구매한 코스튬을 어느새 전부 장착한 엘카릭스가 이안의 앞에 나타났다.

"짠! 아빠, 어때요? 나 예쁘죠?"

전신을 코스튬으로 도배한 엘이 방실방실 웃으며 이안의 손을 잡아끌었다.

그리고 그 모습을 보자, 코스튬에 날린 200만 골드는 이안의 기억 속에서 사라져 버렸다.

"귀, 귀여워!"

누가 빛의 드래곤 아니랄까 봐, 온통 하얀 옷들로 도배한 엘카릭스였다.

게다가 머리에 쓰고 있는 드래곤 형상의 털모자는 엘카릭스의 귀여움을 극대화시켜 주고 있었다.

등 뒤에 날개랍시고 달려 있는 작은 털 뭉치는 보너스.

이안의 입에 함지박만 한 아빠 미소가 걸렸다.

"우리 엘이 예뻐졌네!"

그리고 이안의 칭찬에 기분이 좋아진 엘카릭스는, 배시시 웃으며 허공을 빙글빙글 날아다녔다.

테이밍마스터

코스튬 쇼핑을 하기 전에 플라이 마법을 배워 놓아서, 폴리모프 상태에서도 마음대로 날아다닐 수 있는 것이다.

"그쵸? 나 예쁘죠?"

"그럼, 우리 딸이 최고 예쁘지."

생각지 못한 지출로 인해 생긴 마음의 상처(?)는 언제 그랬냐는 듯 눈 녹듯 사라져 있었다.

'그래, 스킬 북까지 전부 합해서 2천만 골드 안쪽으로 해결했으니, 이득이지 뭐.'

원래 생각했던 금액의 거의 두 배를 사용했음에도, 어느새 자기합리화를 시전하고 있는 이안이었다.

해맑은 엘카릭스를 안아 든 이안이, 다시 사냥터를 향해 걸음을 돌렸다.

'흐흐, 이제 스킬 사이클을 어떻게 돌려야 할지 연구 좀 해 봐야겠는데?'

엘카릭스의 단독 경험치 버프가 끝이 났으니, 이제는 모든 소환수들을 전부 활용할 타이밍이었다.

기존에 있는 소환수들과 엘카릭스의 마법들을 조합할 생각을 하니, 벌써부터 설레는 이안이었다.

"후우, 루가릭스, 이 초딩 같은 놈……."

LB사 기획 팀의 기획 회의실.

열 명이 넘는 인원이 회의실에 모여 진지한 표정으로 대화를 나누고 있었다.

그리고 그들의 입에서는 어쩐 일인지 '루가릭스'의 이름이 계속 언급되고 있었다.

"후, 루가릭스 기획한 놈 누구야?"

기획 3팀의 팀장인 김의환.

회의실의 가장 상석에 앉은 그가 한숨을 폭 내쉬며 말하자, 그 옆에 앉아 있던 유 대리가 조용히 손을 들었다.

"저, 저요……."

"아니, 대체 이놈한테는 정보가 왜 이렇게 많이 들어가 있는 거야?"

"그거야 신룡 자체가 원래 '중간자'에 속하잖아요. 중간계에 대한 데이터는 당연히 다 들어가 있을 수밖에요."

그러자 맞은편에 앉아 있던 최시영 주임이 의아한 표정으로 물었다.

"루가릭스 이전에도 신룡은 많이 등장했잖아요, 대리님. 특히 카르세우스는 아예 이안의 소환수가 되었는데……. 지금까지는 어떻게 정보가 안 풀린 거죠?"

그에 유 대리의 입에서 한숨이 폭 새어 나왔다.

"그야 카르세우스는 기억이 없었잖아. 완전체가 되어 신룡의 역할에 대해 각성한다고는 해도, 환생의 개념이거든.

테이밍마스터

빛의 신룡 엘카릭스도 마찬가지고. 걔들한테 중간계에 대한 기억은 없어."

이번에는 김의환이 다시 물었다.

"그럼 태양의 신룡 라노헬이나 바람의 신룡 노르피스는? 내가 알기로 그 둘의 퀘스트도 이미 진행하고 있는 유저들이 많다고 알고 있는데?"

김의환의 질문에, 유대리가 뒷머리를 긁적인다.

그리고 그에 대한 대답을 하려는 순간, 옆에 앉아 있던 나지찬이 먼저 입을 열었다.

"그건 친밀도랑 관련이 있습니다, 팀장님."

"친밀도?"

"네. 아무리 퀘스트를 진행하고 있고, 친분이 생겼다고 하더라도 NPC가 정보를 막 퍼 주지는 않거든요."

"흐음, 그럼 이안은 루가릭스와 친밀도가 높아서 그런 거다?"

"그렇습니다. 하지만 그렇다고 해도 용천의 진입에 대한 정보까지 풀어 버릴 줄은……. 정말 생각도 못 했네요. 그건 용신의 '언령'에 의해 강력하게 제어되어 있던 정보거든요."

나지찬의 이야기가 끝나고 나자 회의실에 침묵이 감돌았다.

모두가 저마다의 고민에 빠진 것이다.

그리고 그것은 나지찬 또한 마찬가지였다.

기획 팀의 그 누구보다 이안에 대해 잘 알고 있는 나지찬으로서도, 이런 상황이 벌어질 것이라고는 짐작조차 하지 못했기 때문이었다.

'아니, 그 초딩 같은 드래곤은 왜 그렇게 입이 가벼운 거야?'

사실 루가릭스의 입에서 나온 정보들이 다른 유저에게 들어갔다면 그렇게 크리티컬하지 않을 수도 있었다.

그랬더라면 기획 팀의 그 누구도 걱정조차 하지 않았으리라.

하지만 문제는 이안이었다.

아마 이안이라면 그 정보만 가지고도 거의 정확한 기획의 골자를 파악해 낼 수 있을 것 같았기 때문이었다.

그것은 짐작이 아니라 거의 확신이었다.

특히 용천으로 들어가는 차원의 문의 경우…….

'200레벨대일 때도 던전 바닥까지 거의 뚫었던 놈인데, 거의 400레벨이 된 지금은 마음만 먹으면 바로 뚫을 수 있겠지.'

이미 용의 제단에 한 번 들어가 본 경험이 있는 이안은, 용천으로 향하는 차원의 문에 대해 정확히 알아내었을 것이 분명했다.

다만 곧바로 용천으로 가지 않는 이유는 현재 진행 중인 국가 전쟁 때문일 것이라 짐작했다.

차원의 문이 있는 용의 제단으로 가기 위해서는 차원 충전기를 이용해 차원의 문을 열어야만 한다.

한 번 용의 제단으로 이동하면, 최소 일주일간은 다시 돌아올 수 없다는 제약이 있는 것이다.

때문에 나지찬이 예상하기로는…….

'전쟁이 끝나고 리치 킹까지 잡고 나면, 곧바로 용천에 도전하겠지.'

대륙에서 할 일이 전부 끝나면 곧바로 용천으로 향할 확률이 높다는 것이다.

그렇게 되면 그것은 재앙이었다.

대략적인 골자는 잡혀 있으나 완벽히 시스템이 설계되지 않은 상태이기 때문에, 지난번 마계에서 그랬던 것처럼 버그가 생길 확률이 높은 것이다.

나지찬이 이런저런 생각에 잠겨 있던 그때, 팀장 김의환의 목소리가 들려왔다.

"지찬이."

"예, 팀장님."

"지금 이안 놈 진행 중인 퀘스트 뭐 뭐 있지?"

그에 나지찬이 본능적으로 발끈했다.

"팀장님 이안 놈이라뇨, 이안갓한테."

"갓은 개뿔, 지금 이 상황에서도 그런 말이 나와?"

"무튼, 이안갓은 갓입니다."

"됐고, 물어본 거나 대답해 봐."

나지찬은 잠시 이안이 진행 중인 퀘스트에 대해 생각해 보았다.

그리고 그 순간, 나지찬의 뇌리를 스친 것이 하나 있었다.

'맞아, 정령계!'

이안이 묻어 두었던 퀘스트인, 정령계 퀘스트가 기억난 것이었다.

'추가 보상을 주더라도 정령계 퀘스트 쪽으로 이안을 먼저 유도하면……. 그동안 용천을 완성할 수 있겠어.'

과거 이안이 정령계 퀘스트를 받은 뒤, 기획 팀 전원이 매달린 결과 정령계는 거의 완성 단계에 들어간 상태였다.

때문에 이안이 정령계를 먼저 들어가면, 또 몇 개월 이상의 시간은 벌 수 있을 터였다.

표정이 밝아진 나지찬이 팀원들을 향해 입을 열었다.

"좋은 생각이 났습니다, 여러분."

그리고 방금 떠올린 계획을 하나둘 설명했다.

그러자 팀원들의 표정이 조금씩 밝아지기 시작했다.

"그거 괜찮네."

"크, 역시 나 대리님."

"후우, 그럼 일단 한시름 놓을 수는 있겠군요."

하지만 정작 나지찬은 설명하면서도 속으로 한숨을 푹푹 쉬고 있었다.

'후유, 일개 유저 하나 때문에 이렇게까지 머리를 쥐어짜야 한다니…….'

리치 킹 에피소드가 진행되는 동안 단체 워크숍이라도 다

녀오려 했던 기획 팀의 계획은, 루가릭스의 가벼운 입 덕분에 완전히 물거품이 되고 말았다

카이몬과 루스펠.

양대 거대 제국이 멸망한 뒤, 그들이 있던 자리에는 수많은 왕국들이 생겨났다.

동, 서부. 그리고 중부와 북부 대륙까지.

광활한 땅덩이가 수백 개로 쪼개진 것이다.

하지만 그렇다고 해서 쪼개진 왕국들의 규모까지 비슷한 것은 아니었다.

거대 왕국의 경우 소형 왕국의 여섯 배는 될 만한 규모를 가진 곳도 있었으니 말이다.

그렇다면 현재 로터스 왕국의 규모는 어느 정도로 보면 될까?

총 서른다섯 개의 영지로 이루어진 로터스 왕국은, 대략 평균 정도의 규모를 가지고 있다 할 수 있었다.

사실 현존하는 가장 작은 왕국이 열 개의 영지를 보유하고 있었으며, 가장 거대한 왕국이 여든 개가 조금 안 되는 영지를 보유하고 있었기에, 단순히 그에 대한 평균을 내면 45라는 숫자가 나온다.

하지만 소형 왕국의 숫자가 거대 왕국보다 훨씬 많기 때문에, 서른다섯 개의 영지 정도면 평균 이상은 되는 규모라 할 수 있는 것이다.

물론 유저가 세운 왕국 중에는 로터스 왕국이 단연 최고의 규모였고 말이다.

그리고 로터스 왕국은 더 원대한 목표를 향해 달리고 있었다.

그것은 바로 서버 최초 제국 선포.

엘리카 왕국을 흡수하는 것이 바로 그 목표를 향한 시발점이 될 것이었다.

전장의 최전선에 세워진 로터스 왕국군의 막사.

그 안에서 헤르스와 진성이 진지한 표정으로 전략 회의를 하고 있었다.

이제 내일부터 전쟁이 다시 재개되면, 앞으로 보름 동안은 매일같이 전쟁 일정이 잡혀 있었기 때문이었다.

그리고 그 보름 동안, 로터스 왕국은 엘리카 왕국을 완벽히 흡수할 생각이었다.

"유현아, 지금 시점에서 엘리카 왕국 영지 현황이 어떻게 되지?"

"으음, 잠시만."

엘리카 왕국의 지도를 펼쳐 놓고 찬찬히 훑어보던 헤르스가 잠시 후 살짝 놀란 표정으로 다시 입을 열었다.

"엘리카 왕국이 은근히 알짜배기네."

"그래?"

"응, 영지 숫자는 마흔 개 정도인데, 그중에 케이튼 영지 정도 되는 알짜가 열네 곳이나 돼."

"오호, 그러니까 백작령 이상이 열네 개라는 말이지?"

"맞아. 백작령이 일곱 곳, 후작령이 네 곳. 심지어 공작령도 세 곳이나 되네."

"자작령, 남작령은……?"

"자작령 열, 남작령 열넷."

"열넷, 스물넷. 총 서른여덟이군."

"그렇지. 계산 빠르네."

"흐음……."

당연한 이야기겠지만, 영지의 규모가 크고 레벨이 높을수록, 공략하기도 더욱 어려울 수밖에 없었다.

방어시설과 영지군의 수준이 훨씬 높기 때문이었다.

또 주변 지형이나 사령관의 능력치 등 전쟁에는 여러 가지 변수가 무척이나 많이 작용한다.

그래서 왕국을 공략할 때는 전략을 잘 짜야만 했다.

실전에서의 지휘 능력은 차치하고라도, 병력 투입 계획이나 지형 활용 등 고민해야 할 부분이 한두 가지가 아닌 것이다.

각 영지의 특성에 대해 아는 대로 설명하던 헤르스가, 지도의 한 곳을 짚으며 심각한 목소리로 입을 열었다.

"그런데 문제가 하나 있어."

"응?"

"다른 곳은 다 해볼 만한데, 여기 이곳."

그에 이안의 시선도, 자연스레 헤르스의 손가락이 짚은 곳을 향해 움직였다.

"라타펠 영지?"

"응, 여기가 정말 까다로운 곳이야. 뚫는 게 가능한지도 사실 판단이 안 서고, 만약 함락이 가능하다 하더라도 일주일 정도는 여기서 그냥 날려야 할 것 같아."

"그래? 그 정도야?"

흥미로운 표정이 된 이안이, 지도를 좀 더 상세히 훑어보기 시작했다.

헤르스가 이야기해 주기 전에 나름대로 분석해 보고 싶었던 것이다.

답을 듣기 전에 스스로 고민을 해 봐야, 선입견에 빠지지 않을 수 있기 때문이다.

헤르스도 그와 같은 사실을 알기 때문에, 이안이 입을 열 때까지 기다려 주었다.

'흐음, 진입로가 한 곳밖에 없어서 공략하기 애매하기는

한데……. 그래도 공작령을 두고 여길 지목한 이유가 뭐지?'

영지는 등급이 올라갈수록, 방어력이 기하급수적으로 증가한다.

때문에 후작령인 라타펠 영지가 다른 공작령들보다도 더 까다롭다면, 어떤 특별한 이유가 분명히 있을 수밖에 없다.

'뭘까? 그 이유가.'

이안은 라타펠 영지의 지도를 꼼꼼히 훑어보았다.

그리고 잠시 후, 그는 무척이나 당황한 표정이 되었다.

"헐, 미친! 여기 어둠의 성소……!"

그리고 이안의 탄성을 들은 헤르스가, 피식 웃으며 고개를 끄덕였다.

"맞아. 어둠의 성소. 그게 가장 큰 문제야."

성소聖所란 무엇일까.

그 이름 그대로 풀이하자면 성스러운聖 곳所일 것이다.

그리고 카일란에서의 성소 또한, 비슷한 맥락에서의 기능을 한다.

신의 강림이나 신관의 중재 없이 신의 축복을 받을 수 있는 유일한 장소다.

그저 잠시 들르기만 하면 '신의 축복'이라는 최강의 버프를 받을 수 있는 곳이 바로 '성소'인 것이다.

하지만 분명한 단점도 있었다.

그것은 바로 장소의 제약.

성소의 힘이 미치는 곳을 벗어나는 순간, 버프의 효과가 곧바로 풀려 버리는 것이다.

그렇다고 인공적으로 성소를 만들어 낼 수도 없었으니 계륵이라는 말이 딱 어울렸다.

때문에 사실상 성소는 유명무실한 것이었다.

가끔 성소의 범위 내에 던전이 생성된 곳이 있어 엄청난 프리미엄을 누리기도 하지만, 그런 경우는 극히 드물었다.

'하지만 이런 위치에 성소가 있다면 얘기가 다르지.'

이안의 눈은 계속해서 지도에 고정되어 있었다.

산세를 따라 둥그렇게 굽어진 라타펠 영지의 성벽.

그리고 그 안쪽에 떡하니 자리하고 있는 어둠의 성소.

그렇지 않아도 산과 강으로 둘러싸여 있어 진입로가 하나밖에 없는, 라타펠 영지에 최고의 버프 시설물인 성소가 절묘하게 박혀 있으니 그야말로 '천혜의 요새'가 되어 버린 것이다.

지도가 뚫어져라 시선을 고정시키고 있는 이안을 보며, 헤르스가 입을 열었다.

"역시 금방 찾아내네."

"그럼 이걸 못 보겠냐?"

"카인이랑 클로반 형은 지도 한참 들여다봐도 모르던데?"

"카인이는 관찰력 부족일 거고, 클로반 형은 혹시 뇌까지 근육인가?"

"……."

두 사람 사이에 침묵이 흘렀다.

이안은 생각에 잠긴 듯 보였고, 헤르스는 기다려 주었다.

이안의 머리에서 기발한 방법이라도 나오기를 기대하면서 말이다.

하지만 그것은 단지 기대였을 뿐, 잠시 동안 아무 말 없이 지도를 응시하던 이안이 허탈한 표정으로 입을 열었다.

"이거, 지도 잘못된 건 아니지?"

"그럴 리가. 지도는 완전 최신판이라고."

"……."

"이건 진짜 생각도 못했네."

"그러니까 말야."

"분석 안 하고 무작정 쳐들어갔다간 낭패 봤을 수도 있겠는걸."

"낭패 정도가 아니라, 병력 다 잃고 회군할 뻔했어."

"그랬을지도……."

카일란에 지금까지 알려진 성소는 총 스무 개 정도이다.

그리고 그 성소들은 제각각 버프의 효과가 다르다.

물론 같은 속성의 성소는 같은 버프를 부여하지만, 그 계수에 조금씩 차이가 있는 것이다.

하지만 그렇다고 해서 큰 차이가 있는 것은 아니다.

많아 봐야 4~5퍼센트 정도의 차이였으니까.

이안과 헤르스가 심각한 표정으로 대화를 이어 갔다.

"어둠의 성소 버프 효과가…… 아마 공격력 증가에 어둠 속성 도트 댐이었지?"

"맞아. 공격력 20퍼센트 증가에, 20초간 공격력의 3퍼센트만큼 도트 댐. 그리고 대상이 어둠 속성을 가지고 있으면 버프 효과가 50퍼센트 더 증가해."

"20퍼센트는 미니멈이니, 최대 25퍼센트까지 나오겠네. 도트뎀 계수야 소수점 차이일 테니 신경 쓸 거 없고."

"그렇지. 근데 문제는 지금 엘리카 왕국 병력이 전부 언데드로 구성되어 있다는 거야."

"모든 버프가 한 배 반으로 적용된단 얘기겠네."

"그렇지."

"……."

이 모든 설명을 쉽게 정리하자면, 수성하는 모든 병력의 공격력이 최대 37.5퍼센트까지 뻥튀기될 수 있는 이야기였다.

게다가 누적되는 3퍼센트의 도트 대미지는 덤.

공격력에 한정된 버프이긴 하지만, 이 정도 수치면 병력의 전체적인 레벨대가 10~20퍼센트 정도는 상승한다고 봐도 무방했다.

현재 350정도인 엘리카 왕국군의 평균 레벨이 385~420레벨 정도로 껑충 뛰는 것이다.

또한 애초에 400레벨이 넘는 데스나이트들의 경우 거의

500레벨에 육박하는 전투 능력을 갖게 된다.

이건 전술로 어떻게 극복해 볼 만한 수준이 아니라고 할 수 있었다.

"와, 지금까지 영지전 수없이 치렀지만 이런 미친 난이도는 처음인 것 같네."

이안의 감탄 아닌 감탄에, 헤르스가 고개를 주억거리며 동조했다.

"맞아. 이건 거의 개발사의 농간 수준……. 성소 자체가 대륙에 얼마 없는데, 하필 엘리카 왕국에. 그것도 이 위치에. 게다가 어둠의 성소라니."

"……."

두 사람 사이에 또다시 침묵이 흘렀다.

하지만 감탄은 할 만큼 했으니 이제는 정말 뭐라도 방향을 제시해야 할 때였다.

이안이 천천히 입을 열었다.

"여긴 답이 없어."

"그럼? 라타펠은 포기해? 여기 버리면 그 뒤쪽에 있는 열두 개 영지는 버려야 해. 게다가 제일 알짜 영지인 엘리카 왕성도 라타펠을 넘어야 먹을 수 있고."

그에 이안이 고개를 절레절레 저으며 대답했다.

"아니, 그 말이 아니고."

"음?"

"라타펠 영지를 버린다는 게 아니라, 이 성벽 뚫는 걸 포기한단 말이야."

"그게 그거 아니야?"

"아니지."

이안의 손이 지도의 한 곳을 가리켰다.

그러자 헤르스의 시선도 자연스레 그곳을 향해 움직였다.

이안의 말이 다시 이어졌다.

"여기, 넘어가자."

"산 넘자고? 그거 생각 안 해 본 건 아닌데……."

어찌 보면 산을 넘자는 이안의 말은 가장 단순하고도 쉬운 해결책이었다.

하지만 떠올리기가 쉬울 뿐, 실행하기조차 쉬운 것은 아니었다.

소규모 전투라면 모르되 이런 대병력이 움직여야 하는 전쟁에서는 수많은 변수와 리스크를 감수해야 했기 때문이었다.

일례로 화공火攻이라도 제대로 당하면, 일반 병사들은 그대로 전멸이라고 볼 수 있었다.

게다가 산으로 간다고 해서 성벽과 방어군이 없는 것도 아니다.

산에는 그 나름대로 방어 시설이 견고히 갖춰져 있을 게 분명했다.

"산이 아무리 험해도 저기 넘는 것보단 쉬울 것 같아."

"그렇긴 해."

"정 안되면 고레벨 파티로 별동대라도 구성해서 성소 부수러 가야지."

"뭐, 확 와 닿지는 않지만 그것도 방법일 수 있지."

이안이 몇몇 영지를 손가락으로 짚으며 말을 이었다.

"라타펠 영지까지 도달하려면, 못해도 닷새 정도는 걸릴 거야."

"그렇겠지. 최소 일곱 개 영지는 함락시켜야 하니까."

"그동안 내가 산 한번 타고 올게."

이안의 말에, 헤르스의 두 눈이 크게 확대되었다.

"뭐? 아무리 너라고 해도 그건 너무 위험한 거 아냐?"

그에 이안이 고개를 절레절레 저으며 대답했다.

"아니, 혼자 들어가서 뭘 어째 보겠다 하는 게 아냐."

"그럼 뭔데?"

"여기, 정찰 한번 다녀오게."

"으음……?"

이안의 손가락이 가리킨 곳은, 어둠의 성소가 있는 바로 뒤쪽이었다.

그리고 그곳에는 작은 글씨로 '지하 뇌옥'이라고 쓰여 있었다.

이안의 의중을 파악하지 못한 헤르스가 의아한 표정으로 다시 물었다.

"지하 뇌옥이라……. 성소도 아니고 뜬금없이 여긴 왜?"

잠시 뜸을 들인 이안이 천천히 대답했다.

"짚이는 게 하나 있어서 그래."

리치 킹 에피소드의 시작점과 같았던 지하 뇌옥.

이안은 당시 파티원들과 함께 지하 뇌옥 던전을 성공적으로 클리어하였으나, 아쉬운 부분이 하나 있었다.

'헬라임을 찾을 수 있었으면 했는데…….'

루스펠 제국 최고의 기사인 헬라임.

그를 찾아내지 못한 것에 아직까지도 미련이 남아 있었던 것이다.

무려 카이자르와 비교해도 무력이 뒤처지지 않는 데다 제국의 기사단장까지 역임했던 인물인 헬라임은, 지금 로터스 왕국에 큰 힘이 되어 줄 것이 분명했다.

'적어도, 귀찮아서 기사단 같은 것은 맡을 수 없다는 카이자르보단 도움이 되겠지.'

국왕의 권한으로 기사단을 생성하는 것은 어려운 일이 아니다.

국가 예산의 일부를 배정하면 뚝딱 만들어 낼 수 있으니 말이다.

하지만 생성된 기사단의 수준을 높이는 것은 쉬운 일이 아니었다.

기사단의 단장으로 임명된 NPC의 능력치에 비례하여 기사단의 수준이 결정되니 말이다.

현재 로터스 왕국 기사단 중 가장 강력한 기사단은 이안의 오랜 가신인 '폴린'이 단장으로 있는 기사단.

400레벨 정도인 폴린이 기사단장으로 있는 기사단도 충분히 강력하였으니, 아마 500레벨이 다 되었을 헬라임을 영입할 수 있다면 어마어마한 기사단을 만들어 낼 수 있으리라.

하지만 지하 뇌옥에서 헬라임을 찾을 수 없었을 뿐 아니라, 그 안에 갇혀 있던 다른 제국의 충신들도 헬라임의 행방을 알지 못했다.

그렇다고 모든 영지마다 최소 하나씩은 가지고 있는 '지하 뇌옥'을 전부 뒤져 볼 수도 없었던 것.

그러나 라타펠 영지의 지하 뇌옥은, 뭔가 '냄새'가 나는 것 같았다.

"지하 뇌옥과 어둠의 성소가 무슨 연관이 있으리라 생각하는 거야?"

"맞아. 리치 킹 샬리언의 지령을 받아 켈스가 하고 있었던 어둠의 의식. 어쩌면 막연한 추측일지도 모르지만, 어둠의 성소에서 뿜어져 나오는 어둠의 기운이 어떤 방향으로든 의식에 도움이 될 수도 있다고 생각했어."

"흐음, 그럴싸하긴 하네."

"그렇지. 만약 내 추측이 맞다면 이 지하 뇌옥이 리치 킹과 연관이 있는 곳일 테고, 루스펠 제국의 충신들이 갇혀 있을 수 있다는 말이지."

"그래서 그들의 도움을 얻는다?"

"빙고. 성소를 파괴하고 성문을 열어젖히면, 그대로 게임 끝 아니겠어?"

헤르스와의 대화를 잠시 떠올리던 이안은, 서둘러 걸음을 옮기기 시작했다.

이제 조금만 더 움직이면 라타펠 영지의 영역에 진입할 테니, 더 이상 상념에 빠져 있는 것은 좋지 않았다.

"주인아, 정말 혼자 괜찮겠냐?"

불쑥 걱정 어린 말을 꺼내는 카카를 보며, 이안이 피식 웃었다.

"다 생각이 있으니 걱정할 필요 없느니라."

"아무리 주인이라도 어둠의 성소는 위험한데……."

"그건 그렇고 너 웬일로 안 자고 있냐?"

"나도 모르겠다. 잠이 안 온다, 주인아."

"오, 그래……?"

잠을 잘 수 있게 된 뒤부터, 카카는 툭하면 잠에 빠져들었다.

전투할 때만 제외하고는 항상 잠에 들어 있는 것이다.

심지어 이동할 때조차도 반쯤 눈을 감고 있는 것이 보통이었다.

그렇다고 꿈속에서 쓸모 있는 걸 가지고 나오는 일도 드물었으니, 이안의 입장에서는 카카의 변화가 반가울 수밖에 없었다.

어쨌든 카카의 걱정을 뒤로한 채, 이안의 일행은 계속해서 움직였다.

길이 아닌 곳으로 들어가 산을 넘어야 하기에 이동속도는 더딘 편이었지만, 차근차근 이동하니 어느새 고지에 도달했다.

"웃차."

높다란 산등성이에 올라서자, 깊은 계곡이 나타난다.

이안은 지도를 펼쳤다.

"오케이, 여기부터는 비행해서 움직여도 될 것 같은데."

국경을 넘는 동안은 눈에 띄면 안 되기에 숲길로 이동했으나, 이제 산속으로 들어온 이상 굳이 험로를 고집할 이유가 없었다.

계곡을 지나 산맥을 하나 더 넘어야 라타펠 영지에 도달할 것이니, 비행 이동을 하는 것이 여러모로 나은 선택이었다.

지도와 미니 맵을 꼼꼼히 비교한 이안이, 뿍뿍이를 향해 시선을 돌렸다.

"뿍뿍아."

이안의 부름에, 뿍뿍이가 게슴츠레한 눈으로 대꾸했다.

"불렀뿍?"

"오랜만에 날아 볼까?"

현재 비행 이동수단으로 이안이 택할 수 있는 선택지는 제법 많았다.

뿍뿍이부터 시작해서 핀과 카르세우스, 그리고 최근에 얻은 엘카릭스까지.

하지만 핀은 승차감이 드래곤에 비해 좋지 못했고, 금쪽같은 딸내미(?)를 탄다는 것은 상상도 할 수 없었다.

하여 남은 선택지는 결국 카르세우스와 뿍뿍이.

카르세우스는 소환 대기 시간이 조금 남아 있었으니, 뿍뿍이가 선택된 것이다.

하지만 뿍뿍이는 반발했다.

"싫다뿍. 요즘 날개가 무겁뿍."

그에 이안이 침음성을 흘렸다.

"크흠, 도착하면 미트볼 다섯 개 줄게. 어때? 딜?"

하지만 이안의 제안은 소용이 없었다.

"이제 나 미트볼 많이 먹을 수 있뿍. 안 줘도 된다뿍."

"……?"

"하린 누나 가게에서 요즘 일하고 있뿍. 일하면 하린 누나가 미트볼 준다뿍."

"일? 무슨 일하는데?"

"나 일 잘한다뿍. 내가 얼음 잘 얼린다뿍."

"얼음?"

테이밍마스터

뿍뿍이는 고개를 끄덕이며 자랑스러운 표정으로 대꾸했다.

"얼음 만들어서 하린 누나 주면, 누나가 미트볼이랑 바꿔 준다뿍. 나 이제 미트볼 많다뿍! 뿌뿍!"

신이 나서 등껍질까지 씰룩이는 뿍뿍이를 보며, 이안은 고개를 절레절레 저었다.

'으, 미트볼 카드를 잃어버린 건 좀 큰데!'

그렇다고 해서 뿍뿍이의 알바(?)를 강제 중단시킬 수도 없는 노릇이었다.

그러면 뿍뿍이가 문제가 아니라 하린에게 혼날 게 분명했다.

이안은 깊게 파인 협곡을 가리키며, 뿍뿍이를 구슬리기 시작했다.

"뿍뿍아, 이 형 좀 도와줘라. 우리가 여길 걸어서 내려갔다가 올라올 순 없잖아?"

한눈에 보아도 육로로 이동하기에는, 최소 2시간 이상 걸릴 것 같은 험준한 지형이었다.

하지만 뿍뿍이는 요지부동이었다.

"다른 친구 타고 가자뿍. 아침에 먹은 미트볼이 아직 소화가 안 되서 힘들다뿍."

"몇 개 먹었는데?"

"기억 안 난다뿍. 배부를 때까지 먹었뿍."

"후우……."

생각지도 못했던 난관에 봉착한 이안이 한숨을 푹 내쉬었다.

그런데 그때, 이안의 등에 매달려 있던 지원군이 등판했다.

"아빠, 아빠."

"응?"

"아빠가 재 형이에요?"

뿍뿍이에게 이야기할 때, 이안은 종종 '이 형이'라는 말을 쓴다.

때문에 엘카릭스가 이안을 뿍뿍이의 형 정도로 인식한 듯싶었다.

"응, 그런데?"

이안은 무슨 이야기가 나올까 싶어 흥미진진한 표정으로 엘카릭스를 응시했다.

그리고 엘카릭스의 입에서 나온 말은, 기대했던 것 이상이었다.

"아빠 동생이면…… 내 삼촌?"

"……!"

이안의 등에서 내려온 엘카릭스가 뿍뿍이의 앞으로 쪼르르 다가갔다.

이어서 엘카릭스의 입에서 애교 가득한 목소리가 흘러나왔다.

"뿍 삼촌, 나 비행기 태워 줘여!"

"뿌, 뿌뿍?"

"난 뿍 삼촌 비행기가 제일 좋더라."

"……!"

"뿍 삼촌 변신하면 완전 멋있으니까!"

엘카릭스의 3중 공격에, 고고하던 뿍뿍이는 그대로 무너지고 말았다.

로터스 길드가 세운 왕국의 이름이 로터스이듯, 길드가 세운 왕국의 이름은 보통 길드의 이름을 따라간다.

그리고 그것은 타이탄 길드 또한 마찬가지였다.

동북부에서 유저가 세운 왕국 중 가장 큰 왕국이 로터스 왕국이라면, 서부에서 가장 큰 왕국은 타이탄 왕국인 것이다.

그리고 타이탄 왕국의 국왕인 샤크란 또한, 이안과 마찬가지로 정복 전쟁에 열을 올리고 있었다.

심지어 타이탄 왕국은, 이미 한 개의 왕국을 정복하여 집어삼키는 데 성공했다.

물론 정복한 왕국이 로터스가 정복 중인 엘리카 왕국과는 달리 영지 열 개짜리인 소규모 왕국이기는 했지만 말이다.

어쨌든 로터스에 못지않을 정도로 강력한 세력을 가진 타이탄 왕국.

국왕 샤크란은, 타이탄의 정예군을 이끌고 대륙 서남쪽으로 향하고 있었다.

그리고 이것은 일견 의아할 수 있는 행보였다.

모든 유저들이 리치 킹의 군대와 싸우기 위해 북진하고 있는 지금, 평온하기 그지없는 남쪽으로 향하고 있으니 말이다.

"흐음, 지도상 여기쯤이었던 것 같은데…….".

샤크란의 중얼거림에, 옆에 있던 세일론이 의아한 표정으로 물었다.

"아니, 마스터. 이제는 말해 주실 때도 되지 않았습니까?"

"음?"

"지금 스켈레톤 한 마리라도 더 잡아서 공헌도 쌓아야 하는 시점에 남쪽에는 왜 내려오신 겁니까?"

세일론의 물음에, 샤크란이 피식 웃으며 대답했다.

"그게 그렇게 궁금했냐?"

"당연하죠. 지금 동쪽에서는 로터스 왕국이 계속해서 정복전쟁 하고 있는데, 이러면 또 차이 벌어지지 않습니까?"

세일론의 걱정은 당연한 것이었다.

쉴 새 없이 정복전쟁을 펼친 끝에 로터스를 거의 따라잡았는데, 이렇게 다른 데에 시간을 보내다 보면 어느새 격차가 훌쩍 벌어질 것 같았던 것이다.

하지만 샤크란의 표정은 여유롭기 그지없었다.

"세일론."

"예, 마스터."

"지금 우리가 영토를 넓히는 궁극적인 목표가 뭐냐."

"그야 당연히……."

잠시 생각하던 세일론이, 곧 망설임 없이 대답했다.

"'제국 건설'이죠. 아직 요건 맞추려면 한참 남았지만, 그래도 최종 목표는 그거 아니겠습니까?"

그에 샤크란이 씨익 웃었다.

"그래, 바로 그거야."

"예?"

"지금 우린, 그 최종 목표를 위한 포석을 하나 깔기 위해 움직이는 거라고."

"……?"

무슨 말인지 이해하지 못한 세일론은 멀뚱한 표정으로 샤크란을 응시했고, 샤크란의 말이 다시 이어졌다.

"세일론, 제국 선포를 위해서 필요한 최소 조건이 뭐가 있지?"

"그야, 최소 이백 개 이상의 영지 확보에 황제 즉위하는데 필요한 명성. 그리고 왕국 발전도 90퍼센트 이상 달성……."

샤크란이 세일론의 말을 끊으며 입을 열었다.

"그런 자잘한 건 됐고, 제일 중요한 하나를 빼먹었잖아."

"제일 중요한 거라니요?"

"후후."

샤크란은 기분 좋은 웃음을 지어 보이며 세일론을 향해 지도를 펼쳐 들었다.

그리고 손가락으로 어딘가를 짚으며 말을 이었다.

"고대 아르노빌의 유적."

"예?"

대화 내용과는 관계없어 보이는, 다소 뜬금없는 이야기에 세일론이 반문했다.

그러자 샤크란의 입꼬리가 씨익 말려 올라갔다.

"카이몬 제국의 전신이 아르노빌 제국인 건 알고 있지?"

"네, 뭐……. 그야 카일란 플레이하다 보면 모를 수 없지요. 그건 왜요?"

"여기, 아르노빌 유적지에……."

잠시 뜸을 들인 샤크란이 낮은 목소리로 다시 입을 열었다.

"제국의 옥새가 숨겨져 있다는 정보를 입수했거든."

"그게…… 정말입니까?"

"목소리 크다, 인마. 조용히 말해."

"아, 알겠습니다, 마스터."

샤크란이 의기양양한 표정으로 다시 입을 열었다.

"그러니까 지금 당장 영토 확장하는 것보다 여기 오는 게 훨씬 중요하단 말이지. 이 카일란 대륙 안에 제국 옥새가 몇 개나 있겠어? 제국이 두 개뿐이었는데 말이야."

"그, 그렇죠."

"게다가 재밌는 사실 하나 더 알려 줄까?"

"네?"

"이건 얼마 전에 에밀리가 입수한 정보인데, 멸망한 루스펠 제국의 옥새는 이미 블루윙 왕국에서 입수했다고 하더라고."

그리고 샤크란의 이 말에, 세일론은 더욱 당황한 표정이 되었다.

그의 놀라움은 아르노빌 제국의 옥새에 대한 정보를 들었을 때보다도 훨씬 큰 것이었다.

"그, 그게 진짜입니까?"

"후후, 내가 너한테 뭐 하러 거짓말을 하냐?"

"……!"

"자, 이게 뭘 의미하는 건지 알겠나?"

샤크란의 질문에도, 세일론은 잠시 동안 굳어 있었다.

머리를 열심히 굴리고 있는 것이다.

그리고 그 사이, 샤크란의 말이 다시 이어졌다.

"고대 아르노빌 제국의 옥새이자 카이몬 제국이 사용하던 제국 옥새. 이것만 우리가 입수하면……."

샤크란이 한마디 한마디 힘주어 말을 이었다.

"앞으로 로터스는 아무리 용을 써도 우릴 넘을 수 없단 말씀이야."

그리고 모든 상황이 정리가 된 세일론도 기분 좋은 미소를 베어 물었다.

"크, 로터스가 아무리 날고 기어도, 영원한 왕국으로 남을 수밖에 없겠군요."

"그렇지. 블루윙이 로터스에 흡수되지 않는 한 말이야."

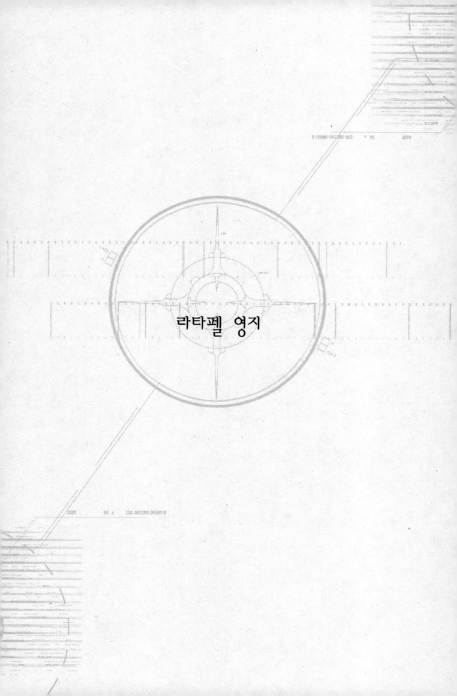

라타펠 영지

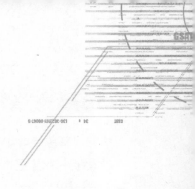

라타펠 영지의 삼면을 빽빽하게 둘러싼 거대한 산줄기.

'라타펠 산맥'의 중턱까지 오른 이안은 모든 소환수들을 전부 소환 해제하였다.

이제부터는 영지 내부로 잠입해야 하기 때문에, 소환수들은 오히려 짐이 될 뿐이었다.

그리고 이안은, 마을에서 구입해 온 '투명 망토'를 뒤집어썼다.

-'투명 망토' 아이템을 착용하셨습니다.

-타인의 시야에서 캐릭터가 사라집니다.

-적에게 피해를 입히거나 혹은 공격받을 경우, 투명 효과가 사라지며 캐릭터가 노출됩니다.

-투명 효과가 사라진 뒤, 1분 동안은 공격력이 50퍼센트만큼 감소합니다.

투명 망토는 무척이나 희귀한 아이템이었다.

카일란의 어떤 몬스터를 잡아도 드롭되는 아이템이었으나, 드롭률이 극악에 가까운 아이템.

지금까지 그 누구보다 카일란을 오래 플레이한 이안조차 딱한 번 획득해 본 게 전부인 이 아이템은, 경매장에서 무려 5천만 골드 정도의 시세를 형성하고 있는 고가의 물건이었다.

여러 가지 페널티가 있기는 하지만, 그것을 감안하더라도 무척이나 유용하게 쓸 수 있는 생존 아이템이기 때문이었다.

투명 망토는 대부분의 랭커들이 한 벌씩은 장만하여 가지고 있는 물건이라고 할 수 있었다.

투명 망토를 착용한 이안은, 더욱 과감하게 움직여 금세 산을 타고 올라갔다.

그렇게 30분 정도를 이동했을까?

드디어 이안의 눈앞에 라타펠 영지의 성벽이 보이기 시작했다.

산줄기를 따라 웅장한 성벽이 끝없이 이어져 있었다.

잠시 멈춰서 성벽을 한차례 쭉 훑어 본 이안이, 천천히 다시 걸음을 떼었다.

'일단 디텍팅 타워 위치부터 확인해 볼까?'

성벽의 위쪽에는, 일정 간격으로 디텍팅 타워가 세워져 있

테이밍마스터

는 것이 보통이다.

암살자 클래스의 침입을 방지하기 위해 필수적으로 필요한 방어 시설이 디텍팅 타워이기 때문.

지난 파이로 영지전에서 로터스 길드가 당했던 것처럼 능력 좋은 암살자가 침입을 시도하는 것은 종종 있는 일인 것이다.

때문에 그야말로 필수라 할 수 있는 디텍팅 타워는, 라타펠 영지의 외성에도 여지없이 세워져 있었다.

그리고 투명 망토를 뒤집어쓴 이안에게는, 디텍팅 타워의 시야를 벗어나는 것이 급선무라 할 수 있었다.

이안의 머리가 빠르게 회전하기 시작했다.

'라타펠 영지가 후작령이라고 했으니까⋯⋯. 디텍팅 타워는 최대 4레벨까지 지어져 있겠군.'

카일란에서는 '거점'이 촌락의 단계를 벗어나 영지의 단계로 성장하면, 그 안에서 크게 다섯 가지의 등급으로 다시 나뉘게 된다.

하위 등급이랄 수 있는 남작령과 자작령.

그리고 본격적으로 영지 컨텐츠가 오픈되기 시작하는 백작령과 후작령.

마지막으로 공국이 되기 직전의 단계인 공작령까지.

그리고 모든 영지의 시설물들은 등급이 하나 상승할 때마다 성장시킬 수 있는 레벨의 상한선이 하나씩 올라가게 된다.

'남작령'일 때에는 시설 등급을 1레벨에서 더 이상 올릴 수 없었다면, '후작령'까지 성장한 뒤에는 최대 4레벨의 시설물까지 만들 수 있게 되는 것이다.

기본 시설물이건 고급 시설물이건, 어떤 경우에도 이 레벨 상한선은 동일했다.

때문에 후작령인 라타펠 영지의 경우, 방어 타워부터 시작해서 모든 건물이 최대 4레벨까지 성장되어 있을 것이다.

'4레벨 디텍팅 타워의 디텍팅 범위가 280미터였지?'

이안은 빈틈을 찾아내기 위해, 라타펠 영지의 외성에 세워져 있는 디텍팅 타워들을 하나하나 확인했다.

대부분 4레벨의 타워이기는 하지만, 어딘가 분명히 업그레이드가 덜 된 녀석이 있을 것 같았기 때문이었다.

그리고 3레벨 이하의 타워를 하나라도 찾아낸다면, 타워 사이의 거리를 가늠하여 사각지대를 찾아 잠입할 생각이었다.

'오호, 역시 3레벨짜리가 중간에 하나 끼워져 있군.'

예상대로 구멍을 한 곳 발견한 이안이, 득의의 미소를 지어 보였다.

그러나 3레벨 타워를 찾았다고 해서 끝난 것은 아니었다.

이제 타워 간 거리를 계산한 뒤 사각지대가 나올 수 있는지 확인해야 하기 때문이었다.

그리고 이제부터가 진짜 문제였다.

아무리 이안이라 하여도 눈대중으로 정확한 거리까지 계

산해 낼 수는 없으니 말이다.

하지만 이안에게는 방법이 있었다.

－'견고한 목궁' 아이템을 착용하였습니다.

사정거리가 200미터인 화살을 쏘아서 그 비거리를 가늠해 거리를 측정하려는 것이었다.

화살을 시위에 걸기 전.

이안은 여러 번 주변을 확인하였다.

'누가 맞기라도 하면 큰일 나니까.'

화살에 지나가는 몬스터라도 맞는 순간 이안의 은신이 풀려 버릴 테니, 최대한 조심해만 한다.

적당한 자리를 잡은 뒤 심호흡을 한 이안이 목궁을 수평으로 들어 팽팽하게 당긴 활시위를 그대로 놓았다.

그러자 경쾌한 파공성과 함께 이안이 쏜 화살이 허공을 가르며 나아갔다.

피이잉-!

그리고 잠시 후, 힘을 다한 화살이 디텍팅 타워가 세워져 있는 성벽까지 도달하지 못한 채 바닥에 떨어졌다.

툭.

화살이 떨어져 내린 위치를 보니, 아직까지 디텍팅 사정권에 도달하기까지는 여유가 있는 듯했다.

하지만 이안의 활질은 끝나지 않았다.

피잉- 피피핑-!

자리와 방향을 바꾸며, 여기저기 화살을 날리기 시작한 것이다.

그렇게 다섯 개 정도의 화살을 날려 본 이안은, 한 지점에 서더니 그 자리에 주저앉아 갑자기 공책을 꺼내어 들었다.

'이 지점에서 a타워까지의 거리는 300미터 정도, b타워까지의 거리는 400미터 정도인 것 같군…….'

이안은 펜을 꺼내 들고는 거침없이 그림(?)을 그리기 시작했다.

본인의 위치와 두 디텍팅 타워의 위치를 공책에 표시하고는, 세 점을 이어 삼각형을 만든 것이다.

이안이 위치한 꼭짓점이 직각인, 직각삼각형이었다.

'흐음, 그러니까…….저 두 타워 사이의 거리가 대충 500미터쯤 된단 얘기네.'

그는 무려 본인이 알고 있는 수학 지식까지 총동원하여 타워의 사정거리를 계산해 내고 있었다.

타워 사이의 거리를 안전하게 알아내기 위해 피타고라스의 정리까지 사용한 것이다.

'a타워가 4레벨이고 b타워가 3레벨이니까. 10미터 정도의 사각지대가 나오긴 하겠네.'

4레벨 타워의 사정거리는 280미터이고 3레벨 타워의 사정거리는 210미터였다.

그러니 두 타워 사이의 거리가 500미터라면 중간에 10미터 정도의 공백이 생기는 것이다.

이안은 마지막으로 화살을 세 발 더 꺼내어 들었다.

10미터의 사각지대의 위치를 찾기 위한, 마지막 화살들이었다.

피이잉-!

'성벽까지 최단거리로 움직이면, b타워에서 180미터 떨어진 지점일 테니……. 좀 더 왼쪽으로 진입하면 사각지대로 들어설 수 있겠어.'

계산이 완벽히 마무리되었다.

이안의 공책에는, 180, 320, 240 따위의 숫자가 어지럽게 쓰여 져 있었다.

세 발의 화살로 필요한 거리를 전부 알아낸 이안은 거침없이 걸음을 옮겼다.

이안의 움직임은 그야말로 확신에 차 있었다.

성벽 앞까지 무사히 도착한 이안은 여유롭게 성벽을 타고 올라가기 시작했다.

그리고 이안이 성벽을 넘어가는 동안 성벽을 지키고 있던 병사들은 이안의 모습을 전혀 발견할 수 없었다.

−홍채 인식 완료. '레미르' 님 카일란의 세계에 오신 걸 환영합니다.

익숙한 메시지와 함께 익숙한 풍경이 눈앞에 떠올랐다.

홍염의 마도사. 아니, 이제는 홍염의 군주라는 별명을 갖게 된 한국 서버 최강의 마법사 유저인 레미르.

그녀는 오늘도 레벨 업을 위해 눈 뜨자마자 카일란에 접속하고 있었다.

"흐음, 오늘은 오랜만에 파티플을 해 볼까? 솔플도 이제 좀 질리는데……."

익숙하게 친구 목록을 오픈한 레미르는, 곧 혀를 끌끌 찼다.

분명히 접속해 있을 것이라 예상했던 인물이 친구 목록 맨 위에 파란 불빛과 함께 올라와 있었기 때문이었다.

그 인물은 물론, 이안이었다.

"얘는 진짜 새벽부터 지치지도 않나? 어디 보자……. 흠, 그래도 오늘은 플레이 타임이 인간적이네. 아직 접속한 지 3시간밖에 안 됐군."

가끔 친구 목록을 확인하다가 이안의 플레이타임을 볼 때면, 레미르는 기겁을 하곤 했었다.

10시간, 20시간은 기본이었고, 많을 땐 40시간대의 플레이타임을 본 적도 있었기 때문이었다.

어쨌든 현 시각은 새벽 5시.

친구 목록에 접속해 있는 인물은 이안 하나뿐이었기에, 레미르는 그에게 메시지를 보내 보기로 했다.

"그래, 오랜만에 스파르타식 사냥 한번 뛰어 보는 것도 괜찮겠지.”

　파티를 맺는 것도 아니고 '파티 제의'를 하는 것뿐임에도, 이안이라는 이름은 레미르로 하여금 많은 고민을 하게 만들었다.

　이내 큰 결심을 한 레미르는 이안에게 메시지를 날렸다.

　아니, 날리려 했다.

　“어?”

　메시지를 보내려던 그녀가 벙 찐 표정이 된 것이다.

　그녀가 메시지를 보내기 직전에, 이안의 메시지가 먼저 날아왔기 때문이었다.

　-이안 : 레미르 누나. 오랜만에 파티플 콜?

　그에 소름이 돋은 레미르는 고개를 두리번거리며 양팔을 문질렀다.

　“얘, 혹시 귀신은 아니겠지?”

　왠지 이안과의 파티플레이가 더욱 두려워지는 레미르였다.

　라타펠 영지 외곽의 작은 공터.

　위이잉-!

작은 공명음과 함께 포털이 열리더니, 네다섯 명 정도의 인물들이 그 안에서 우르르 쏟아져 나왔다.

하지만 그들의 면면은 단지 '네다섯 명의 유저' 정도로 평가하기에는 너무도 화려했다.

홍염의 군주 레미르부터 시작해서 흑마법사 랭킹 1위인 훈이.

더해서 전사 랭킹 5위권에 드는 유신에 사제 랭킹 1위인 레비아까지, 최상위권의 랭커들만 모였기 때문이었다.

마지막으로 이안까지 포털에서 나오자 문이 완전히 닫혀 사라졌다.

"웃차."

그리고 공터에 모인 파티원들을 한 번씩 둘러본 이안이 씨익 웃으며 입을 열었다.

"새벽부터 모이느라 다들 고생 많으셨습니다, 흐흐."

이어서 레미르가 어이없다는 표정으로 입을 열었다.

"아니, 난 이 사람들이 이 시간에 다 모인 게 진짜 신기하네. 지금 나 말고는 이안이가 불러서 다들 접속하신 거죠?"

레비아가 고개를 끄덕이며 대답했다.

"그……렇죠? 저는 지금 자다가 이안 님 전화 받고 깨서 접속한 거예요."

유신이 동조했다.

"저도 그렇습니다."

훈이는 우울한 표정이었다.

"더 자고 싶었는데, 힝……."

레미르에게 메시지를 보낸 뒤 갑자기 접속을 종료한 이안이 신속하게 세 사람을 깨워서 파티에 가입시킨 것이었다.

게다가 뜬금없이 로터스 왕성 앞으로 모이라고 하더니, 차원 포털을 열어 알 수 없는 곳으로 데려왔다.

새벽부터 전화해서 게임에 접속하라는 인물이나 그렇다고 또 접속해서 파티에 가입하는 인물들이나, 확실히 정상들은 아닌 게 분명했다.

주변을 두리번거리던 레비아가 의문스런 표정으로 이안을 향해 물었다.

"그나저나 이안님, 여긴 어딘가요?"

"라타펠 영지 내부입니다."

"라타펠 영지라면……."

"엘리카 왕국 안에 있는 후작령이죠."

"……?"

엘리카 왕국이 리치 킹의 권속이라는 것은, 여기 있는 모든 사람들이 알고 있는 사실이었다.

그리고 그 말인 즉, 이곳이 어둠의 세력의 한복판이라는 이야기.

하지만 이안의 파티원들은 자신들을 이곳으로 왜 데려왔는지가 궁금하기 이전에, 어떻게 여기에 들어올 수 있었는지가 더 미스터리했다.

"아니, 여긴 대체 어떻게 들어온 거야?"

레미르의 질문에 이안은 고개를 저으며 대답했다.

"노코멘트 하겠어. 설명하자면 기니까."

"쳇……."

이번에는 가만히 있던 유신이 물었다.

"그럼 여긴 왜 온 건데?"

"그야 당연히……."

이안이 입꼬리를 슬쩍 말아 올리며 대답했다.

"한바탕 신나게 놀아 보려는 거지."

사실 처음 라타펠에 잠입할 계획을 세웠을 때, 이안은 혼자서 움직일 생각이었다.

빛의 엘카릭스와 루가릭스 남매가 함께 움직인다면, 어지간해서는 위험에 빠질 일이 없다는 계산이었던 것이다.

물론 홀로 라타펠의 영지군과 맞설 생각은 아니었지만, 지하 뇌옥을 탐사하는 정도는 충분할 것이라 생각했다.

하지만 레미르의 이야기를 들은 뒤, 생각이 조금 바뀌었다.

-그러니까 누나, 마계에서도 리치 킹과 관련된 퀘스트가 진행되고 있

다는 거지?

　─그렇다니까. 샤크란 님이랑 퀘스트 같이 하다가 마계 놈들한테 당했어.

　─그럼 차원문은 부수지 못했겠네?

　─그렇지. 아마 조만간 마계 놈들이 대륙 어딘가로 유입되기 시작할 거야.

　─데이드몬이랑 관련이 있겠네.

　─맞아. 역시 척 하면 척이야. 그건 대체 어떻게 알았어?

　─아, 그건…….

　이안은 이전에 훈이에게서, 마신 데이드몬과 어둠의 신 카데스의 관계에 대해 들은 적이 있었다.

　때문에 마계의 차원문과 리치 킹의 연관성에 대해 곧바로 알아차릴 수 있었던 것이다.

　'마계 놈들이 어떻게든 연관되어 있다면, 충분히 위험할 수 있어.'

　항마력 세팅이라도 되어 있다면 모르겠지만, 리치 킹 에피소드가 진행 중인 지금, 이안의 모든 장비는 어둠 저항으로 세팅되어 있었다.

　때문에 이라한을 비롯한 마계의 랭커들과 맞닥뜨린다면, 이안 혼자서는 승리를 장담할 수 없는 것이다.

　하여 이안은 가지고 있는 차원의 구슬을 이용하기로 했다.

차원문을 열어 동료들을 데려온 것이다.

훈이와 레미르, 레비아, 거기에 유신까지.

이 정도의 전력이면 어지간한 위험이 닥쳐도 이겨 낼 수 있으리라.

"이쯤이었던 것 같은데……."

미리 정찰해 두었던 위치로 일행을 데려온 이안은, 지하 뇌옥의 입구를 찾기 위해 카카를 보냈다.

그리고 잠시 후, 카카의 시야를 통해 몇 가지 정보를 알아 낼 수 있었다.

"입구에 경비병이 셋. 레벨은 400정도네."

카카의 시야를 확인한 훈이가 중얼거리듯 말했고, 이안이 한마디를 덧붙였다.

"제대로 찾았네."

"응?"

"이 지하 뇌옥. 그때 우리가 에피소드 오픈했던 지하 뇌옥 이랑 비슷한 성격이야."

이안의 설명에, 이번에는 레미르가 물었다.

"야, 던전 입구만 보고 그걸 어떻게 알아? 그냥 일반적인 영지의 지하 뇌옥일 수도 있잖아."

그에 이안이 고개를 절레절레 저으며 수정구를 가리켰다.

"저기, 경비병들 속성 안 보여?"

"속성?"

"레벨 옆에 떠 있는 아이콘. 어둠 속성이잖아."

"어, 그러네?"

레비아가 대화에 끼어들었다.

"그것만 보고 확신할 수는 없지 않나요? 경비병 NPC의 속성이 정해져 있는 것도 아니고……. 일례로 로터스 왕성의 경비병들은 노멀 속성인데, 파이로 영지의 경비병들은 화염 속성과 노멀 속성이 섞여 있잖아요."

레비아의 의문에 모두의 시선이 다시 이안에게로 돌아갔다.

하지만 이안은 기다렸다는 듯 그에 대한 해답을 내놓았다.

"그건 지역과 관련이 있어요."

"지역이라면……?"

"일반적으로 인간형 NPC들은 노멀 속성을 가져요. 하지만 그 지역의 환경에 따라 속성이 변화하는 경우가 있더라고요. 사막 지역인 중부 대륙의 NPC들은 대부분 화염 속성, 빙하 지역인 북부 대륙의 NPC들은 거의 냉기 속성."

"오호, 그렇다면 이안 님 말씀에 따르면, 여기 경비병들은 노멀 아니면 냉기 속성을 가져야 한다는 거네요?"

"그렇죠. 지금까지 제가 본 어둠 속성의 인간형 NPC들은 전부 다 언데드였어요. 뭐, 저 경비병들이 처음 보는 케이스가 될 수도 있지만……. 그럴 확률은 낮다고 생각해요."

"그렇군요. 신기하네요."

이안의 정보력에 감탄한 일행들은 고개를 주억거렸다.

일행들 또한 카일란의 전반적인 부분에 대해 빠삭하지만, 이안 정도는 아니었다.

꼭 필요하고 유용한 팁들이야 모르는 게 없는 수준이지만, 사실 이런 지식들은 필수적인 것들이 아니었으니 말이다.

특히 레미르와 같이 컨트롤 능력과 감으로 플레이하는 케이스의 경우에는, 랭커임에도 불구하고 모르는 것이 많았다.

일행이 이런저런 대화를 나누는 동안, 카카의 정찰은 끝이 났다.

카카도 들키지 않는 선에서만 정찰을 해야 했기 때문에, 대략적인 진입 루트를 확인하는 정도에서 정찰을 마친 것이다.

"수고했어, 카카."

"별것 아니다, 주인."

카카는 거만한 표정으로 어깨를 으쓱였다.

그에 머리를 한차례 쓰다듬어 준 이안은, 자리에서 일어나며 장비를 꺼내어 들었다.

"자, 그럼 슬슬 움직여 보실까?"

대륙 동부의 한 유적.

70레벨대 유저들의 사냥터인 이곳을, 90레벨대 정도로 보이는 한 꾀죄죄한 유저가 기웃거리고 있었다.

"저 사람 뭐지?"

"그러게. 장비가 좀 구질구질해 보이긴 해도 최소 90레벨 제한은 넘는 템들인 것 같은데……. 쪼렙존에 무슨 볼일이 있어서 온 거야?"

"그러니까. 재료 아이템이라도 수급하러 온 건가?"

"쩔 받아서 90레벨 넘게 찍어 놓고, 실력이 안 되니까 쪼 렙존에서 기웃거리는 허접 아닐까?"

"그래, 그럴 수도 있겠는걸?"

남자의 옆을 지나가며 수근대는 일단의 무리들.

초등학생. 혹은 많이 쳐 줘야 중학생 정도인 무리의 수근 거림에, 남자가 발끈하며 입을 열었다.

"90레벨대? 게다가 쩔이라니! 난 톱클래스! 최상위 랭커라 고!"

하지만 남자의 그 대사는, 초딩들의 비웃음을 더욱 증폭시 켰다.

"아저씨가 랭커라고요?"

"그래, 그것도 최정상급!"

"에이. 아저씨가 최상급 랭커면, 나는 이안이다."

"나는 훈이."

"나는 이라한!"

"에이, 이라한은 마족이잖아. 샤크란으로 바꾸자."

"그래그래, 난 샤크란!"

초딩들의 조롱에 귓불까지 빨개진 남자는, 씩씩거리며 대꾸했다.

"이래 봬도 내 레벨이 300이 넘어 이것들아!"

그리고 남자의 말에, 잠시 동안 정적이 흘렀다.

사람이 너무 황당한 이야기를 들으면 순간적으로 사고가 정지하는 법.

어이없다는 표정이 된 초딩 하나가 고개를 절레절레 저으며 중얼거렸다.

"휴우. 이 아저씨 허언증 장난 아니네. 라리카 유적에 들어왔으면서 300레벨이라니, 크큭."

"그러게. 우리 도덕샘보다 허언증 심한데?"

"그러니까 말야. 샘은 최소 양심은 있었잖아. 한 30레벨 정도 속였었나?"

"크큭, 여기 PK존이었으면 저 아저씨 털어 주는 건데. 아쉽다, 아쉬워."

초등학생들의 대화 내용은 묘하게 남자의 신경을 살살 건드렸다.

하지만 남자는 폭발할 것 같은 분노를 꾹 눌러 참아야만 했다.

당장 레벨 정보를 오픈하면 간악한 초딩들로 인해 실추된 자존심을 복구할 수는 있겠지만, 지금까지의 퀘스트가 수포로 돌아가기 때문이었다.

'참아야 하느니……'

남자는 초인적인 인내심을 발휘하여 초딩들의 공격을 버텨 냈다.

그의 이름은 바로 릴슨이었다.

지금 릴슨이 있는 이 던전은, 레벨의 상한선이 존재하는 던전이었다.

100레벨 이상의 유저는 입장이 불가능한 던전인 것이다.

때문에 초딩들이 오해하는 것도 무리는 아니었다.

정상적인 상황이라면, 릴슨은 이곳에 들어올 수 없는 게 맞았으니까.

그러나 탐험가 클래스인 릴슨은 '위장'이라는 특수한 스킬을 가지고 있었다.

일시적으로 본인의 레벨을 마음대로 바꿀 수 있는 스킬.

하지만 만약 여기서 레벨 정보를 공개하여 인증한다면, 위장 스킬은 풀리게 된다.

그리고 그 즉시 릴슨은 던전 밖으로 튕겨져 나가게 될 것이었다.

심지어 진행 중인 퀘스트까지 실패로 돌아가게 되니, 릴슨의 입장에서는 분통이 터지더라도 초딩들에게 당할 수밖에 없는 것이다.

'으, 내 이 수모는 반드시 갚아 주마. 잊지 않겠다, 간지철이. 무적은찬!'

물론 위장을 사용하여 레벨을 바꾼다고 해서 능력치가 변하는 것은 아니었다.

하지만 해당 레벨 제한의 장비를 착용할 수 있으니 완벽한 그 레벨대의 유저들처럼 보이게 되는 것이다.

그래서 탐험가들 중 자신을 고레벨 랭커로 위장하여 마을에서 거들먹거리는 부류들도 적지 않았다.

지금 릴슨의 경우에는 완전히 반대의 상황이었지만 말이다.

"에이, 이 허언증 아저씨 쫄아 버렸네."

"그러게. 할 말 없으니까 땅만 파고 있잖아."

"우우, 재미없어. 우리 사냥이나 하러 가자 얘들아."

"그래! 오늘은 은찬이 75레벨 찍어야 된다고!"

"가자, 친구들!"

더 이상 반응이 없는 릴슨이 시시해졌는지 아이들은 왁자지껄 떠들며 사냥터를 향해 떠났다.

마지막 순간까지 울컥했던 릴슨은 잘 참아 낸 자신을 독려했다.

'후, 이 릴슨 게임 인생 최대의 위기였다. 잘했어, 릴슨!'

아이들이 떠난 뒤 릴슨의 삽질은 계속되었다.

물론 초딩들의 추측처럼, 릴슨이 아무 의미 없이 땅을 파고 있던 것은 아니었다.

탐험가인 릴슨이 찾고 있었던 것은 바로 고대의 유적.

무려 쿼드라S 등급의 히든 퀘스트를 진행 중이었던 릴슨은, 한낱 격장지계를 견디지 못하고 퀘스트를 포기할 수는 없었던 것이다.

'퀘스트 난이도가 높더라니……. 이유가 있었어.'

실없는 생각도 한 번씩 하긴 하지만, 릴슨의 삽질은 멈추는 법이 없었다.

그야말로 무아지경의 경지.

재봉사와 더불어 노가다의 결정체라 할 수 있는 탐험가 클래스의 랭커답게, 릴슨의 뚝심은 대단했다.

"뮤란의 기록서가 분명 여기 어딘가에 있다고 했는데……."

미니 맵과 지도의 좌표를 번갈아 확인한 릴슨은, 투덜대며 다시 삽자루를 들었다.

그리고 다시 흙바닥을 향해 삽을 찍어 내리는 순간이었다.

까앙―!

흙바닥과 부딪쳐서는 날 수 없는 경쾌한 소리가, 삽 끝에서부터 울려 퍼졌다.

"찾았다!"

자신도 모르게 환호성을 지른 릴슨은 삽을 인벤토리에 집어넣고는 호미를 꺼내어 들었다.

ㅡ'파이로 행정 보급관의 야삽(전설)' 아이템을 해제했습니다.

ㅡ'드워프 판의 호미(영웅)' 아이템을 장착하셨습니다.

호미를 단단히 움켜쥔 릴슨은, 소리가 난 지점을 중심으로 살살 파내기 시작했다.

유적을 발굴하는 릴슨의 표정은 그 어느 때보다도 진지했다.

"후으읍……!"

그는 숨까지 참아 가며 조심스레 호미를 놀렸다.

하지만 그의 노력에도 불구하고, 매정한 시스템 메시지가 연달아 울려 퍼졌다.

―발굴 과정에서 유적의 내구도가 1.25퍼센트만큼 손상되었습니다.

―발굴 과정에서 유적의 내구도가 0.97퍼센트만큼 손상되었습니다.

숨도 제대로 못 쉬어 가며 발굴 작업을 했음에도 불구하고 연신 떠오르는 경고 메시지에, 릴슨이 한숨을 폭폭 내쉬었다.

발굴이 끝나기 전에 유적의 내구도가 전부 떨어지면, 유적 복원에 실패하게 된다.

"조금만 더……!"

릴슨의 마음이 급해졌다.

만약 작업이 끝나기 전에 다시 초딩들이 몰려온다면, 유물 발굴에 실패하게 될 것 같았기 때문이었다.

그리고 릴슨이 발굴을 시작한 지 15분 정도가 지났을까?

드디어 릴슨이 고대하던 메시지가 떠올랐다.

띠링―!

―고대 루스펠 제국의 유적, '뮤란의 기록서(전설)' 아이템 발굴에 성공하셨습니다!

―발굴 경험치가 729,380만큼 상승합니다.

-명성이 15,000만큼 상승합니다!

온갖 모욕을 참아 낸 끝에 얻은 성취감에, 릴슨은 뿌듯한 표정이 되었다.

"자, 이제 한번 열어 볼까?"

릴슨의 손에 들린 것은, 빛바랜 동판으로 장식되어 있는 작은 목함이었다.

그는 조심스러운 손짓으로, 목함의 뚜껑을 천천히 오픈했다.

그런데 그 순간, 릴슨의 귓전에 누군가의 목소리가 들려오기 시작했다

-어둠이 다시 세상에 내려오는 날, 나의 후예가 깨어나 세상을 구하리라.

LB소프트 기획 팀의 휴게실.

두 남자가 커피를 마시며 이야기를 나누고 있었다.

그들은 다름 아닌, 기획 3팀의 대리 나지찬과 그의 후임 기획자인 임철우였다.

"대리님, 궁금한 게 있습니다."

"뭔데?"

"순조롭게 진행돼서 다행이기는 한데……. 너무 기획을

운에 맡겨 놓은 거 아닙니까?"

"운? 그게 무슨 소리야?"

"그렇잖습니까. 뮤란의 크리스털이 애초에 랜덤 드롭인데……. 만약 이안이 아니고 능력 없는 유저가 그거 먹었으면, 시나리오 다 망가질 뻔한 거 아닙니까?"

임철우의 의문에 나지찬이 피식 웃으며 대꾸했다.

"뮤란의 크리스털이 랜덤 드롭이라고 누가 그래?"

"네? 드롭율이 따로 있는 거 아니었습니까?"

나지찬이 고개를 절레절레 저으며 대답했다.

"특정 조건을 만족시켜야 드롭되는 템이야 그거."

"……?"

"생각해 봐. 아무리 드롭율이 낮다고 해도 랜덤 드롭이었으면, 지금까지 딱 한 번 드롭됐을 리가 있겠냐고."

"그, 그것도 그러네요."

기획 팀에 들어온 지도 어언 반년이 지난 지금.

처음 듣는 이야기에 철우의 두 귀가 쫑긋 세워졌다.

그리고 나지찬의 말이 이어졌다.

"결론부터 얘기해 주자면, 뮤란의 크리스털을 얻기 위해서는 수많은 조건을 만족시켜야 한다는 거야."

"조건이라면 어떤……?"

"나도 전부 다 알지는 못하는데, 평균 퀘스트 달성 등급부터 시작해서 스킬 활용 능력. 거기에 컨트롤 능력까지. 데이터로 수집된 모든 조건이 충족돼야 뮤란의 크리스털을 얻을 수 있지. 그리고 진행해 온 퀘스트 방향성도 맞아떨어져야 하고."

나지찬의 말에 임철우의 두 눈이 살짝 커졌다.

"그게 정말입니까?"

"그렇다니까."

"그렇다고 하더라도 이상한 부분이 하나 있습니다, 선배."

"또 뭐?"

"조건을 충족시켜 뮤란의 크리스털을 얻은 유저가 그걸 다른 유저에게 팔거나 양도해서 그 유저가 전직할 수도 있잖아요. 이안이 운 좋게 그걸 산 유저일 수도……."

"설마 그걸 누가 팔았겠어……가 아니고, 멍청아. 뮤란의 크리스털은 계정 귀속 아이템이거든?"

"아……. 그랬지, 참."

나지찬은 고개를 절레절레 저으며 다시 이야기를 이어 갔다.

"어쨌든, 그렇기 때문에 뮤란의 크리스털로 전직한 유저는 그 사실 하나만으로도 이미 능력이 검증된 유저라고 할 수 있어. 어지간한 퀘스트 해결 능력은 갖췄다고 볼 수 있는 거지."

"그렇군요. 그럼 다른 전직 템의 경우에도 뮤란의 크리스털처럼 조건부 드롭 템이 존재하겠네요?"

"그런 것도 있고, 아닌 것도 있지."

"아하…….."

나지찬의 설명은 계속해서 이어졌고, 임철우는 아예 수첩을 꺼내어 받아 적었다.

카일란의 경우 스케일 자체가 워낙 방대해서, 반년이 넘게 회사를 다녔음에도 불구하고 아직도 인수인계받지 못한 내용들이 많았던 것이다.

그리고 대략적인 시나리오의 골자를 전부 이해한 임철우는 고개를 주억거리며 중얼거리듯 나지찬을 향해 입을 열었다.

"대리님, 이제 뮤란의 안배까지 발동했으니, 이번 시나리오는 더 걱정할 게 없겠네요?"

나지찬이 고개를 끄덕이며 대답했다.

"그렇겠지. 뭐, 이안이 퀘스트 해결 능력이 부족한 유저도 아니고……. 아마 순조롭게 진행이 될 거야."

하지만 대답과 다르게, 나지찬의 마음 한구석에는 알 수 없는 불안감이 자리 잡고 있었다.

'이안이 종잡을 수 없는 유저이기는 하지만……. 뭐, 설마 별일이야 있겠어?'

콜로나르 대륙의 동남쪽.

역사상 최초로 대륙을 통일할 뻔했던 강대한 제국.

루스펠 제국의 수도였던 '뮤란'에는, 아직까지도 제국의 잔재가 남아 있었다.

과거의 찬란했던 영광을 증명하기라도 하듯 하늘을 찌를 듯 세워져 있는 웅장한 황성.

그 성곽을 따라 늘어서 있는 화려한 구조물들까지.

하지만 그것은 말 그대로 잔재일 뿐, 지금의 뮤란은 그저 '유적지'라고 할 수 있었다.

수많은 사람들이 북적이던 도시에는 사람 대신 몬스터들이 자리를 잡았고, 곳곳에는 던전까지 생겨났다.

하여 지금의 뮤란은, 그저 대륙 동남쪽에 있는 수많은 사냥터들 중 한 곳일 뿐이었다.

300레벨도 넘는 고레벨의 몬스터들이 득실거리는, 상위권 유저들의 훌륭한 사냥터.

하지만 사냥터로 전락한 도시의 중심에는 특이한 공간이 하나 존재했다.

그 어떤 몬스터도 접근하지 않는, 마치 성역聖域과 같은 느낌의 공간이랄까.

거대한 동상 하나가 우뚝 세워져 있는 위치를 중심으로 반경 50미터 정도의 공간에는, 그 어떤 몬스터도 발을 딛지 않는 것이다.

하여 이 특별한 공간은 사냥을 나온 유저들의 쉼터로 자리

잡았다.

사냥터 한복판에 존재하는 안전지대이니 유저들의 입장에서는 유용할 수밖에 없는 구역인 것이다.

그리고 이제 갓 290레벨에 도달한 영훈과 세미는 이 안전지대의 최대 수혜자라 할 수 있었다.

원래는 두 사람의 능력으로 버거운 사냥터인 이곳을 안전지대 덕에 사냥할 수 있게 된 것이다.

"그나저나 영훈아, 여기는 대체 왜 몬스터들이 들어오지 않는 걸까?"

"글쎄. 아무래도 이 동상의 영향이 아닐까?"

세미의 물음에 영훈은 솟아 있는 동상을 툭툭 건드리며 대수롭지 않게 대답했다.

흙먼지가 쌓이고 곳곳이 파손되기는 하였으나, 용사의 동상은 아직까지도 웅장한 위용을 뿜어내고 있는 동상.

말에 올라탄 채 검을 뽑아들고 있는 동상의 정체는 다름 아닌 영웅 뮤란이었다.

과거 루스펠을 통치했던 절대자이자, 대륙의 영웅으로 칭송받은 용사인 뮤란.

영훈의 대답에 세미가 고개를 주억거리며 입을 열었다.

"아무래도 그렇겠지? 그럼 영웅이었던 뮤란의 기운 같은 게 남아서 몬스터들의 접근을 막는 건가?"

"글쎄. 그런 디테일한 부분이야 기획자들만 알고 있겠지,

뭐."

영훈은 대수롭지 않은 표정으로 대답하고는 장비의 내구도를 확인했다.

그런데 그때, 세미가 당황한 표정이 되어 영훈의 옷자락을 끌어당겼다.

"여, 영훈아."

"아, 왜 또?"

"도, 동상이 움직였어……!"

그 말에 덩달아 당황한 영훈이 흠칫 놀라며 뒤를 돌아보았다.

하지만 동상은 방금 전 영훈이 봤던 것과 똑같은 모습으로 서 있을 뿐이었다.

영훈은 한숨을 푹 내쉬며 고개를 절레절레 저었다.

"어휴, 가만히 있던 동상이 왜 움직여, 짜샤? 아까는 사냥하다가 졸더니 이제는 헛것까지 보는 거냐?"

"아니, 그게 아니고! 진짜라니까?"

"됐거든요! 쓸데없는 소리 하지 말고 피곤하면 잠이나 자러 가. 난 사냥 좀 더 하다가 잘 거니까."

영훈은 핀잔을 주며 자리에서 일어났다.

그런데 이번에는 세미가 아닌 다른 곳에서 비명에 가까운 소리가 들려왔다.

"으아악, 몬스터다!"

"뭐야? 안전지대에 갑자기 몬스터가 왜 들어오는 거야?"

그리고 그 비명 소리에, 세미와 영훈은 얼른 전투할 준비를 갖추었다.

안전지대에 몬스터가 들어오기 시작했다면, 두 사람이 쉬고 있는 이곳에도 언제 몬스터가 들이닥칠지 알 수 없었기 때문이었다.

"갑자기 무슨 일이지?"

"그러게. 몇 달 동안 한 번도 몬스터가 들어온 적이 없는 안전지대였는데?"

세미는 중얼거리듯 대꾸하며 주변을 빠르게 살폈다.

그런데 세미의 말이 끝나는 바로 그 순간이었다.

쿠르릉- 쿠쿠쿵-!

거대한 굉음이 울려 퍼지며, 두 사람의 뒤쪽에 서 있던 동상이 무너져 내리기 시작했다.

-결국 어둠이 도래하였다는 말인가…….

도시, 뮤란의 하늘.

반투명한 형체를 가진 한 남자가 허공에 뜬 채 근심어린 표정으로 지상을 내려다보고 있었다.

그리고 남자의 외모는, 방금 무너져 내린 동상의 그것과 무척이나 닮아 있었다.

　-샬리언……. 그 사악한 자가 결국 마계에서 풀려나다니…….

눈을 지그시 감은 남자는, 양손을 천천히 가슴 앞으로 모았다.

그러자 그의 손에서 새하얀 빛이 흘러나오더니, 한 자루의 대검이 되어 그의 눈앞에 솟아났다.

　-이제는 나의 모든 걸 전해 줄 때가 되었군.

알 수 없는 이야기를 중얼거린 남자는 커다란 대검을 등 뒤로 둘러메었다.

그리고 잠시 후.

하늘에 떠 있던 그의 모습은 오간 데 없이 사라졌다.

대신 그 자리에는 하얀 구름만이 남아 바람을 타고 흘러갈 뿐이었다.

콰쾅- 콰콰쾅-!

　-'어둠의 흑기병' 몬스터를 성공적으로 처치하셨습니다!

　-경험치를 19,827,198만큼 획득합니다!

　-'다크 살라멘더' 몬스터를 성공적으로 처치하셨습니다!

　-경험치를 13,875,421만큼 획득합니다!

그야말로 무아지경이라 할 수 있는 랭커들의 파티 사냥.

거의 최강이라 할 수 있는 파티 구성원에 500레벨의 신룡 루가릭스까지 가세하니, 뇌옥 던전은 그야말로 초토화되고 있었다.

하지만 그럼에도 불구하고, 이안의 잔소리는 끊임없이 이어졌다.

"유신, 도발 타이밍 방금 너무 빨랐어. 마지막에 어그로 풀려서 몬스터 몇 마리 빠져나갔잖아!"

"훈이, 넌 소울디케이 캐스팅할 시간에 단일 스킬 날렸어 야지. 방금 같은 상황에서는 광역기 효율이 떨어진다고."

그리고 그 광경을 보며, 레미르는 고개를 절레절레 저었다.

"어휴, 진짜 별종이 따로 없다니까."

레미르의 중얼거림을 들은 레비아가 피식 웃으며 입을 열 었다.

"그래도 레미르 님, 틀린 말은 하나도 없잖아요?"

"그, 그렇기는 하죠……."

"그리고 경험치 게이지 한 번 확인해 보세요. 그럼 불만이 쏙 들어갈걸요?"

"……!"

레비아의 조언에 따라 경험치 게이지를 확인한 레미르는 황당한 표정이 되었다.

그녀의 사냥 속도도 절대로 느린 편이 아니었건만, 평소보 다 경험치 쌓이는 양이 한 배 반은 많았기 때문이었다.

솔플과 파티플의 차이를 감안하더라도, 말도 되지 않는 수치라 할 수 있었다.

'이러니까 새벽같이 불러도 다 뛰어올 수밖에…….'

마치 마약처럼 달콤한 경험치의 유혹은, 이안의 마수를 벗어날 수 없게 만드는 강력한 힘이 있었다.

파티플을 한 번 뛰고 나면 다시는 안 해야지 하다가도, 이안이 부르면 자신도 모르게 달려오는 것이다.

정신을 차리고 후회를 할 때쯤이면, 이미 사냥이 한참인 시점이었다.

"좋은 게 좋은 거니까……."

어느새 자기합리화를 시전하는 레미르였다.

그녀는 이안의 지시에 따라 착실히 마법을 캐스팅하기 시작했다.

"좋아, 30분 내로 지하 3층 클리어하고 밑으로 내려가자고!"

신나서 소리치는 이안을 향해, 훈이가 볼멘소리로 투덜거렸다.

"형, 아직 3층 절반 가까이 남았는데 어떻게 30분 안에 클리어해? 아니, 할 수 있다고 쳐도 굳이 그렇게 빨리 사냥할 필요가 있어? 우리 한 10분만 쉬고 하자."

하지만 이안은 훈이의 애절한 부탁을 냉정하게 외면해 버렸다.

"여긴 적진이야, 인마. 언제 라타펠 영지군이 알아챌지 모르잖아. 최대한 빨리 클리어하고 던전 끝에 뭐가 있는지 알아내야 돼."

이번에는 유신이 시무룩한 표정으로 반론을 제기했다.

"그런데 라타펠 영지군이 어떻게 알아채?"

"음?"

"경비병부터 시작해서 쥐새끼 한 마리까지 남기지 않고 싹 다 잡았는데…… 뭐라도 도망쳐야 영지군이 알아챌 거 아냐."

제법 그럴싸한 반론이었다.

하지만 이안은 재고할 여지도 없다는 듯, 한마디로 일축해 버렸다.

"시끄러."

"……."

간단하게 파티원들의 불만을 잠재운 이안은 다시 걸음을 옮기기 시작했다.

이제 엘카릭스도 1인분 이상을 거뜬히 해 주고 있었으니, 사냥이 더욱 흥겨운 이안이었다.

"엘, 빛의 속박!"

"엘, 드라고닉 베리어!"

"잘했어, 우리 엘이!"

그리고 이안과 모종의 거래를 한 엘카릭스는 스파르타식 사냥 일정에도 군말 없이 잘 따라왔다.

"헤헤, 아빠. 역시 제가 최고죠?"

"그러엄! 엘이 네가 오빠보다 스무 배쯤 나은걸."

"헷, 빨리 여기 클리어하고 경매장 가고 싶다. 아빠가 예쁜 옷 사 주기로 했는데."

"……."

소소한 잡음이 있기는 했지만, 어쨌든 이안 일행은 순조롭게 던전을 클리어해 나갔다.

던전의 난이도는 켈스가 있었던 지하 뇌옥과 비슷했으니, 그때보다 전력이 한층 강력해진 이안 파티로서는 순조로운 것이 어쩌면 당연했다.

그렇게 대략 30여 분 정도가 지나갔고…….

"오, 저기 계단이다!"

"후유, 진짜 30분 만에 돌파가 가능할 줄이야."

"내 말이……."

뇌옥 지하 3층을 클리어한 이안 일행은 4층으로 내려가는 계단을 찾아내는 데 성공했다.

하지만 모든 일이 순조로운 듯 보였던 그 순간…….

쿠쿵- 쿠쿠쿵-!

"뭐야? 갑자기 왜 이래?"

"어, 어어……?"

던전 전체가 거세게 흔들리더니, 일행의 앞에 검보랏빛 기운이 휘몰아쳤다.

그리고 잠시 후.

우우웅─!

커다란 공명음과 함께, 굵직한 목소리가 쩌렁쩌렁 울려 퍼졌다.

─감히 이곳에 발을 들이다니! 정녕 죽고 싶은 게로구나!

그런데 그 목소리는, 어쩐지 낯익은 남자의 음성이었다.

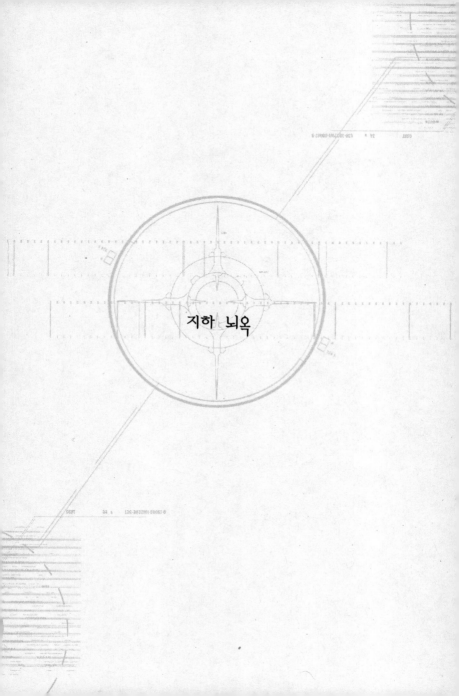

지하 뇌옥

Taming
Master

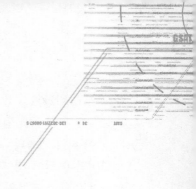

보랏빛의 판금갑주를 두른 채, 거대한 대검을 둘러멘 데스 나이트가 등장했다.

그의 얼굴을 확인한 이안의 두 눈이 게슴츠레해졌다.

'누구였지? 분명 아는 얼굴인데.'

기억이 쉽게 나지 않는 것으로 보아 크게 비중 있는 NPC 는 아닐 테지만, 적어도 안면이 있는 녀석임은 분명했다.

이안의 눈썰미는 제법 괜찮은 편이었으니 말이다.

그리고 잠시 후, 이안은 그의 정체에 대해 깨달을 수 있었다.

"로젠 부단장?"

과거 루스펠 황실기사단의 부단장으로, 항상 헬라임의 곁을 지키던 인물인 로젠.

놀랍게도 루스펠 황실의 충신이었던 로젠이 죽음의 기사가 되어 지하 뇌옥의 문지기로 나타난 것이다.

하지만 이안이 정체를 알아차렸음에도 불구하고, 로젠은 오히려 의아한 표정을 지어보였다.

"나의 이름을 알고 있군. 한데 부단장이라니, 그게 무슨 말이지? 나는 단지 죽은 자들의 제왕, 샬리언 님의 권속일 뿐이다."

쿵-!

이어서 대검을 높이 치켜든 로젠은, 그대로 검끝을 바닥에 내리꽂았다.

그것은 그 누구도 예측하지 못했던 돌발 행동이었지만, 이안은 당황하지 않고 반응했다.

"엘, 드라고닉 베리어!"

위이잉-!

도합 2초도 채 걸리지 않은 로젠의 스킬 모션이 발동하기 전에, 드라고닉 베리어를 사용해 파티 전원에게 실드를 생성한 것이다. 그리고 로젠의 광역 공격은 베리어에 의해 전부 흡수되었다.

콰콰쾅-!

-'데스 나이트 로젠'의 공격 스킬 '다크니스 퀘이크'에 격중당했습니다.

-'드라고닉 베리어'의 내구도가 57만큼 감소합니다(내구도 : 2,927/2,984).

—75퍼센트의 확률로 기절 상태 이상이 발동했습니다.

—'드라고닉 베리어'의 영향으로 저항하였습니다.

네임드급 데스나이트들이 대부분 보유하고 있는 고급 스킬인 '다크니스 퀘이크'.

다크니스 퀘이크는 파괴력이 강력한 광역 스킬은 아니었지만, 무척이나 위협적인 스킬이었다.

그 이유는 바로 '기절' 상태 이상 때문.

다크니스 퀘이크에 조금이라도 피해를 입는다면, 높은 확률로 7초 동안이나 기절 상태에 빠지게 되는 것이다.

그리고 7초라는 시간은, 생명력이 약한 딜러 포지션의 클래스들의 경우 사망에 이르고도 남을 만한 시간이었다.

때문에 방금 이안의 재빠른 조치가 아니었다면, 파티가 적지 않은 피해를 입을 뻔한 것이다.

한 발 늦게 면역 스킬을 발동시킨 레비아가 뒷머리를 긁적이며 입을 열었다.

"죄송해요. 제가 좀 반응이 늦었네요."

"아뇨 뭐, 워낙 급작스러웠으니까요."

이안은 데스나이트가 된 로젠을 향해 다시 시선을 옮겼다.

'황실 기사단의 부단장이 여기에 있다는 말은……. 적어도 번지수를 잘못 찾은 건 아니라는 이야기군.'

이안이 홀로 라타펠 영지의 담을 넘은 것은 차원 포털을 이용한 후방 침투의 목적이 가장 컸다.

그러나 지하 뇌옥에 대한 기대 또한 적지 않은 비중을 차지하고 있었다.

루스펠 제국의 황실 기사단과 같은, 강력한 NPC들을 구해내어 우군으로 만들 수도 있을 것이라는 기대감.

때문에 지금 부단장인 로젠이 이곳에 수문장으로 등장했다는 것은, 일단 긍정적인 일이라고 할 수 있었다.

어쨌든 이 뇌옥 안에 다른 황실 기사단 NPC들도 들어와 있을 확률이 높다는 이야기였으니 말이다.

'하지만 이미 모든 기사단이 언데드화해 버렸다면, 그건 정말 최악의 상황인데.'

로젠 하나 정도야 문제없이 처치할 수 있을 테지만, 만약 헬라임을 비롯한 기사단 전원이 데스나이트가 되었다면.

초호화라 할 수 있는 이안의 파티로도 상대하는 것이 불가능할 것이기 때문이었다.

이안은 열심히 머리를 굴리기 시작했다.

이렇게 된 이상 무조건 뇌옥을 뚫는 것만이 능사가 아니었다.

판단을 어떻게 하느냐에 따라, 커다란 이득을 얻거나 그보다 더 큰 손실을 입을 수도 있는 상황이었다.

'황실 기사단의 숫자는 총 100에서 200정도. 헬라임 포함 절반 정도만 건질 수 있어도 충분히 남는 장사인데…….'

하지만 이안의 생각은 더 이상 이어질 수 없었다.

선제공격에 실패한 로젠이 지원군을 불러들였기 때문이었다.

"감히 어둠의 성역에 발을 들이려 한 인간들을 살려 보낼 수는 없지."

고오오-!

로젠의 뒤쪽에서부터 보랏빛의 기류가 넘실거렸다.

그리고 잠시 후, 뿌옇게 번진 연무가 흩어지더니 그 자리에 열 기나 되는 데스나이트들이 추가로 등장했다.

그 모습을 본 이안의 표정이 살짝 일그러졌다.

'로젠의 레벨이 450. 나머지는 420대라…….'

새로 나타난 기사들 또한, 언데드화한 황실기사단 NPC들인 것 같았기 때문이었다.

하지만 결론이 어떻게 나더라도, 지금 이들과의 싸움은 불가피한 상황이었다.

이안은 일단 고민을 멈추고 작전을 지시했다.

"레미르 누나."

"응."

"하나씩 잘라먹는 전략으로 가는 게 좋을 것 같아. 단일기 위주로 운용하자고."

"오케이."

그리고 이안 일행이 전투 태세를 갖추는 사이…….

척- 척- 척-.

데스나이트들 또한 나름의 진형을 갖추며 파티를 압박해 오기 시작했다.

"유신, 네가 잘해야 돼."

"알겠다, 이안."

"네가 타깃팅하는 녀석부터 하나씩 잘라 내는 방향으로 가자."

"오케이!"

프릴라니아 협곡의 퀘스트를 진행할 때를 제외하고는, 최근 있었던 전투 중 가장 고난이도의 전투였다.

이안 일행은 극도로 긴장한 채 각자의 포지션을 잡아 갔고, 곧 전투가 시작되었다.

드르륵.

또각또각.

미닫이문이 열리는 소리와 함께, 누군가의 발소리가 이진욱 교수의 귓전을 파고들었다.

바닥을 타고 울려 퍼지는 조심스러운 구둣발 소리.

교수실에 들어온 인물의 정체를 짐작한 이진욱이 고개조차 돌리지 않은 채 입을 열었다.

"안 된다."

그리고 그 단호한 말에 당황한 발소리의 주인공, 세미는 어정쩡한 표정이 되어 진욱에게 반문했다.

"네? 뭐가 안 되는데요, 교수님?"

끼이익.

뚫어져라 모니터를 응시하던 이진욱이 의자를 뒤로 젖힌 채 옆으로 회전시켰다.

이어서 안경을 살짝 내려 쓰며 그녀를 올려다보았다.

"과대, 너 또 휴강하자고 온 것 아냐?"

"……!"

"내가 모를 줄 알아? 이번엔 안 돼! 진도 나가야 할 게 산더민데 휴강은 무슨!"

이진욱 교수의 연속적인 공격에 세미는 살짝 당황한 듯했다.

하지만 그녀는 물러서지 않고 곧바로 반론을 제기했다.

"이번엔 안 된다뇨, 교수님?"

"음?"

"이번 학기 한 번도 휴강한 적이 없는데 '이번엔' 이라고 하시니 제자는 섭섭하옵니다."

"그, 그랬나? 지난번 휴강은 B반이었나?"

"예. 게다가 내일은 엄연히 국가에서 지정한 대체휴일! 교수님의 열정은 정말 감사하게 생각하오나……. 휴일까지 수업하시는 건 장기적으로 볼 때 모두에게 손해가 아니겠습니까?"

"그건 어째서 그렇지?"

"첫째로 학생들의 학업 의욕이 떨어지며."

"그리고?"

"둘째로는 교수님의 체력이 저하됩니다. 무려 주말까지 이어지는 대체휴일에 교수님께서도 푹 쉬셔야 저희에게 더욱 양질의 강의를 해 주실 수 있지 않겠습니까?"

나름 논리 정연한 세미의 주장에 완고했던 표정이 살짝 풀어진 이진욱이 턱을 만지작거리며 다시 입을 열었다.

"너희들 전체의 의견이 반영된 건 확실하고?"

"물론입니다! 심지어 내일 교수님 수업만 휴강이 되면 모든 시간표가 완벽해집니다!"

"완벽……?"

"완벽하게 깨끗해진다는……."

"……."

주름진 눈을 지그시 감은 이진욱은 고민에 빠졌다.

'사실 기말고사 전까지 여유가 좀 있기는 한데…….'

강의를 쉬게 되면 사실 교수의 입장에서도 편한 것이 당연했다.

2시간 넘게 교단에 서서 떠드는 것이, 제법 에너지를 소진하는 일이었으니 말이다.

거기에 휴강을 할 만한 충분한 근거까지 있었으니 금상첨화라 할 수 있었다.

그러나 그럼에도 불구하고 진욱을 고민하게 만드는 이유가 하나 있었으니…….

'문제는 휴강해도 내일 할 게 없다는 말이지.'

오후에 사냥을 나갔다가 사망하여 카일란 계정에 데스 페널티까지 걸려 있었으니, 내일 오후 5시까지는 게임조차 할 수 없게 된 것이다.

그리고 이것은 고독한 독신남인 이진욱으로서는 제법 크리티컬한 문제라고 할 수 있었다.

"크흠, 휴강이라……."

이진욱 교수는 연신 턱을 만지작거리며 고민을 거듭했다.

그런 그에게, 세미가 달콤한 정보를 하나 건네었다.

"교수님, 혹시 그거 아세요?"

"뭐?"

"유현 선배한테 들은 얘긴데요."

"음……?"

"내일 오전에 선미 교수님 등산 가신대요."

"……!"

"선미 교수님도 혼자 가시면 적적하실 텐데, 한번 연락이라도 해 보시면……."

그 이야기를 끝으로 협상이 마무리될 수 있었다.

돌싱이 된 노총각(?)에게 싱글을 벗어날 수 있는 기회만큼 달콤한 것은 없었으니까.

"그, 그런 고급 정보를……!"

"후후, 제가 능력 있는 과대 아니겠습니까."

"녀석, 과대로서의 자질이 아주 훌륭하구나."

"그럼 교수님, 휴강은……?"

"오케이, 콜! 내일은 우리 모두 푹 쉬자꾸나. 다음 주에 보자, 세미야!"

이진욱 교수는 황급히 컴퓨터를 끄고 자리에서 일어났다.

그런 그를 보며, 세미는 회심의 미소를 지었다.

'좋았어! 그럼 오늘은 마음 놓고 이안느님 영상을 시청해도 되겠군!'

사실 세미는 내일 쉬고 싶은 것이 아니었다.

다만 마음이 콩밭에 가 있는 관계로 내일까지 해야 할 과제에 도저히 손이 가지 않았을 뿐이었다.

하지만 학우들의 염원을 모아 휴강을 성사시켰으니, 이제 과제는 주말 이후로 미뤄도 무방하게 된 것이다.

세미는 싱글벙글 웃으며 과실을 향해 뛰어갔다.

얼른 이 기쁜 소식을 알린 뒤, 귀가하여 방송을 시청해야만 했다.

카일란에는 수많은 종류의 몬스터들이 있다.

스켈레톤, 오크, 고블린, 오우거 등 이름을 듣기만 해도 그 외형이 상상되는, 여러 분류의 몬스터들.

그런데 재미있는 것은, 같은 몬스터라고 하더라도 완벽히 같은 능력치와 스킬을 가지는 것은 아니라는 점이었다.

인간이라고 전부 같은 능력치를 갖지 않는 것처럼, 카일란의 몬스터들 또한 각기 일정 범위 내에서의 차별성을 가지고 있었다.

비교적 힘이 센 오크, 특별히 머리가 좋은 오크 등.

그리고 유닛 하나하나의 차이는, 높은 티어의 몬스터일수록 더 커지게 된다.

기본 몬스터인 고블린의 경우에는 뛰어난 개체와 허약한 개체의 차이가 그리 크게 느껴지지 않지만, 데스나이트와 같이 상위 티어 몬스터의 경우에는 차이가 체감될 정도로 두드러지는 것이다.

하물며 언데드화하기 전에도 강력한 능력을 자랑하던 NPC들임에야 말할 것도 없었다.

콰쾅-!

유신의 주먹과 로젠의 대검이 부딪치며 강렬한 폭음이 울려 퍼졌다.

전투가 시작된 지 거의 30분이 지났건만, 이안 일행이 제거하는 데 성공한 데스나이트의 숫자는 고작 세 기뿐.

로젠을 포함해 아직도 여덟 기나 되는 데스나이트들이 이안 일행을 압박하고 있는 것이다.

'몬스터들 주제에 AI가 이렇게 뛰어날 줄이야.'

처음 이안 일행의 플랜은 간단했다.

탱킹 능력이 뛰어난 유신과 빡빡이 등이 시선을 끄는 동안, 약해 보이는 개체부터 하나씩 잘라 내어 제거해 나가는 전투 방법.

가장 기본적이면서도 효과가 뛰어난 이 전투 방식이, 로젠의 지휘 하에 무력화되어 버린 것이다.

특정 데스나이트에 공격이 집중되기 시작하면, 슬쩍 전장의 뒤쪽으로 빼내어 다른 개체들이 보호하게 유도했다.

물론 이러한 양상으로 전투가 진행되더라도 결국 이기기는 하겠지만, 어쩌면 거의 3~4시간을 이곳에서 허비해야 할지도 모를 일이었다.

'빨리 뚫고 내려가야 하는데……. 방법이 없을까?'

던전의 모든 몬스터들을 처치하면서 내려왔다고는 하지만, 시간이 지날수록 라타펠 영지군에게 발각될 확률은 높아진다.

적어도 그전에는, 던전을 클리어하고 빠져나가야만 했다.

'딜러가 한두 명만 더 있었어도…….'

임무를 마치고 용천으로 돌아간 카미레스.

그의 공격력이 문득 떠오른 이안이 짧게 입맛을 다셨다.

"쩝."

그 정도 되는 NPC가 한 명만 있었더라도, 10~20분 내에 전투를 마무리 지을 수 있을 것 같았으니까.

'카이자르나 폴린이라도 데려올걸⋯⋯.'

왕국군에 합류하여 열심히 전투를 치르고 있을 가신들까지 떠올려 보았지만, 지금으로서는 묘책이 생각나질 않았다.

제약이 많은 상황이었으니, 짜낼 수 있는 전략에도 한계가 있는 것이다.

이안이 머리를 쥐어짜던 그때였다.

콰아앙-!

전장의 한편에서, 어마어마한 굉음이 울려 퍼졌다.

그 소리만으로도 전투를 멈추게 할 만큼, 던전 전체가 진동할 정도의 엄청난 폭발음.

이안의 시선은 자연스레 소리가 난 방향을 향했고, 이어서 당황할 수밖에 없었다.

방금까지 거의 풀 HP를 유지하고 있던 데스나이트 하나가 싸늘한 주검이 되어 널브러져 있었기 때문이었다.

그리고 그 바로 뒤편에는 정체를 알 수 없는 한 남자가 뒷짐을 진 채 이안을 응시하고 있었다.

루스펠 제국의 인장과 로터스 왕국의 인장은 무척이나 닮아 있었다.

그럴 수밖에 없는 것이, 둘 다 그리핀을 본떠 만든 인장이기 때문이다.

심지어 이안이 데리고 있는 '핀'은 과거 루스펠 제국 인장의 모델이었던 그리핀의 새끼였다.

그러다 보니 닮아 있을 수밖에 없었던 것이다.

하여 처음 등장한 남자의 갑주를 확인한 직후 이안은 당황할 수밖에 없었다.

남자의 화려한 갑주에 새겨진 그리핀의 형상을 확인하고는, 순간 로터스 왕국의 NPC로 착각했기 때문이었다.

하지만 그의 머리 위에 떠올라 있는 레벨을 확인하고는 그것이 아님을 곧바로 깨달을 수 있었다.

'우리 왕국에 500레벨이 있을 리가 없지. 그렇다면 저 녀석은 루스펠 왕국의 NPC일 확률이 높은데…….'

루가릭스나 카미레스.

리치 킹 샬리언과 동등한 레벨을 가진 순백의 기사.

이안은 그의 정체가 궁금할 수밖에 없었다.

'헬라임을 제외하고도 루스펠 제국에 저만한 기사가 있었던가?'

느닷없이 루스펠의 기사가 등장한 뒤 몇 초도 지나지 않은 짧은 시간 동안, 이안의 머릿속에는 오만가지 생각이 다 지나갔다.

그런데 그 순간, '그'가 움직이기 시작했다.

타탓—!

묵직하기 그지없는 판금갑주를 걸쳤다고는 믿을 수 없는 빠른 움직임이었다.

남자는 순간적으로 튀어나오며 대검을 휘둘렀고, 곧 어처구니없는 상황이 발생했다.

콰쾅— 쾅—!

그의 검격劍擊 한 번 한 번에, 데스 나이트들의 생명력이 뭉텅이로 빠져나간 것이다.

하지만 놀라고만 있을 시간은 없었다.

이안은 재빨리 정신을 차리고 파티를 움직이기 시작했다.

"레비아 님, 버프 저기다 몰빵해 주세요!"

"알겠어요!"

"누나랑 훈이는 저 기사가 타깃팅하는 대로 따라다니면서 딜 지원해 주고, 유신은 나 따라와!"

"오케이!"

"좋아!"

빠르게 명령을 내린 이안은 소환수들을 컨트롤하여 로젠을 향해 움직였다.

로젠의 통솔력이 힘을 잃기 위해서는, 최대한 그의 손발을 어지럽게 해야 한다.

다른 데스나이트들이 로젠을 엄호하기에 제거하는 것은

쉽지 않을 테지만, 어차피 목적은 제거가 아니었다.

'야금야금 생명력을 빼면서 기다리면 돼.'

최대한 많은 데스나이트들을 묶어 놓기만 하면, 저 무식하게 강력한 NPC가 데스나이트들을 하나씩 줄여 줄 것이었다.

막타를 신경 쓰지 못하는 점은 좀 아쉬웠지만, 지금은 빠르게 이 던전을 돌파하는 게 우선이었다.

단 하나의 NPC가 등장함으로 인해 전장의 분위기는 완전히 반전되어 버렸다.

'데스나이트 로젠'이 분노한 목소리로 일갈했다.

"네놈은 누구냐? 감히 샬리언 님의 영역에 발을 들이다니!"

이안 일행을 처음 만났을 때와 거의 비슷한 로젠의 대사였다.

때문에 이안은 대사를 대충 흘려들었지만, 그 다음은 그럴 수 없었다.

의문의 NPC가 그에 대한 대답을 했기 때문이었다.

그리고 그 대사는 무척이나 의미심장한 것이었다.

"멍청한 놈, 어둠의 힘 따위에 굴복하여 대선배도 몰라보다니."

"……!"

"황실 기사단의 명예를 더럽히는 것을 더 이상 두고 볼 수 없음이다!"

역으로 로젠에게 일갈을 터뜨린 남자가 대검을 휘둘러 전방을 향해 뻗었다.

그리고 그 순간, 놀라운 일이 벌어졌다.

대검이 마치 살아 있는 듯 허공을 휘저으며, 데스나이트들을 도륙내기 시작한 것이다.

콰쾅- 콰아앙-!

마치 무협지에나 나올 법한 놀라운 검예였다.

전투를 하다 말고 시선이 빼앗긴 이안은 입을 쩍 벌리며 감탄했다.

'미, 미쳤다. 저게 뭐야 대체?'

하지만 놀람은 거기서 끝이 아니었다.

허공에서 무차별적으로 공격을 퍼붓는 대검과는 별개로, 남자가 한 쌍의 검을 추가로 뽑아 든 것이다.

스르릉-!

남자의 등에 교차되어 메어져 있던 두 자루의 검.

심지어 쌍검으로 사용할 만한 일반적인 검도 아니었다.

처음 꺼내 들었던 대검과 다를 바 없는, 무식하리만치 거대한 한 쌍의 대검이었다.

놀란 것은 당연히 이안만이 아니었다.

남자를 서포팅하기 위해 마법을 캐스팅하던 훈이가 저도 모르게 중얼거린 것이다.

"저게 말이 돼?"

세 자루의 대검을 동시에 휘두르며, 순식간에 데스나이트들을 제거하는 의문의 NPC.

잠시 당황했던 이안 일행도 얼른 그를 도와 전투를 이어
갔고, 그 결과 데스나이트들은 순식간에 제거되고 말았다.

"크, 크윽!"

데스나이트 로젠은 원통한 듯 이를 악물며 의문의 남자를
노려보았다.

몇 시간은 걸릴 것 같았던 전투가 단 5분 만에 끝나 버린
놀라운 광경이었다.

"어둠에 물들기에는 아까운 녀석이군."

알 수 없는 대사를 중얼거린 그는, 로젠을 향해 다시 검을
휘둘렀다.

하지만 그것은 베기 위한 동작이라기보다는 후려치는 느
낌의 동작이었다.

퍽-!

묵직한 검면으로 로젠의 뒤통수를 후려갈긴 것이었다.

"커헉!"

이미 생명력이 거의 빠져 있었던 로젠은 그 한 방에 풀썩
쓰러지고 말았다.

-'데스나이트 로젠'이 전투 불능의 상태에 빠졌습니다.

-뇌옥 지하 4층으로 가는 길이 오픈됩니다.

우우웅-!

공명음이 울리며, 이안 일행의 앞을 가로막고 있던 어둠의

결계가 해제되었다.

하지만 이안 파티 중 그 누구도 움직이지 않았다.

아니, 움직일 수 없었다.

이 알 수 없는 괴물의 정체를 파악하기 전까지는, 섣불리 앞으로 나아갈 수 없는 것이다.

물론 우군인 듯 보이기는 했지만 말이다.

혹─!

남자는 양손에 쥐고 있던 대검을 허공에 던져 올렸다.

그러자 허공에 두둥실 떠오른 세 자루의 대검이, 동시에 날아들어 그의 등에 있는 검갑으로 꽂혀 들어갔다.

처척─ 척─!

그리고 그 모습을 확인한 이안은 속으로 구시렁거렸다.

'멋있는 건 혼자 다하네.'

하지만 불만스러운 이안과는 달리, 두 눈이 초롱초롱한 인물도 있었다.

그는 바로 훈이였다.

"크으……!"

느닷없이 등장한 기사의 '간지'에 반해 버린 훈이가 그를 향해 쪼르르 걸어 나왔다.

"나는 어둠의 군주 훈이. 죽은 자들의 제왕이지. 그대의 이름을 알고 싶군."

그런데 훈이의 대사가 끝난 순간, 꽂혀 들어갔던 남자의 대검이 다시 스르륵 뽑혀 나왔다.

"아직 때려잡아야 할 녀석이 남아 있었나?"

그에 훈이는 사색이 되어 본능적으로 손사래를 쳤다.

"워, 워. 나는 아니라고."

"어둠의 기운이 느껴지는데……."

"나, 난…… 리치 킹을 처단하려 하는 정의로운 어둠이다!"

그리고 둘의 실랑이를 지켜보는 파티원들은 고개를 절레절레 저었다.

"어휴, 요즘 훈이가 조용하다 했더니……."

"그래도 오랜만에 보니 재밌네요."

"……."

그런데 훈이와 대화를 나누던 의문의 사내가 문득 이안을 향해 시선을 돌렸다.

그러자 훈이가 다급하게 다시 입을 열었다.

"자, 잠깐! 이름은 말해 주고 가야지!"

하지만 훈이에게는 관심도 없다는 듯, 그는 천천히 이안을 향해 다가왔다.

그에 당황한 이안이 자신도 모르게 마른침을 삼켰다.

꿀꺽.

이어서 이안의 앞에 다가선 남자가 천천히 입을 떼었다.

"네가 이안이로군."

"……?"

이안은 순간 당황한 표정이 되었다.

'뭐지? 날 알아?'

남자의 말이 다시 이어졌다.

그리고 그 말은, 모두를 놀라게 하기에 충분한 내용을 담고 있었다.

"반갑다, 나의 후예여."

루스펠 제국 역사상 가장 뛰어난 기사.

과거 리치 킹의 야욕을 저지하고 그를 마계에 봉인한, 위대한 인간계의 영웅.

용기사단장 카미레스와 비교하더라도 전혀 부족함이 없는, 무지막지한 강력함을 가진 이 기사의 정체는 다름 아닌 '뮤란'이었다.

"뮤란? 당신이 여길 어떻게……."

하지만 이안은 이해할 수 없었다.

뮤란은 이미 1천 년도 더 전에 사라진, 그야말로 고대의 인물이 아닌가.

하지만 자신이 뮤란이라 주장하는 눈앞의 이 남자는, 심지어 주름살 하나 없는 팽팽한 얼굴이었다.

거의 이안과 동년배로 보이는, 20대 정도로밖에 보이지 않는 얼굴.

이안의 의문에, 뮤란이 천천히 입을 열었다.

"나는 지금 이곳에 존재하나, 또한 존재하지 않는다."

"……?"

그게 무슨 개소리냐는 말이 튀어나올 뻔한 이안은, 가까스로 말을 삼켜 내고는 뮤란의 다음 말을 기다렸다.

"과거에 해 놓았던 안배를 통해, 잠시 그대를 돕기 위한 역천을 행하였을 뿐."

그리고 이 말을 듣자마자, 이안은 생각나는 것이 하나 있었다.

'맞아, 뮤란의 안배! 그땐 무슨 소린가 했는데…….'

리치 킹의 에피소드가 처음 시작되었을 당시, 이안은 뮤란의 안배와 관련된 시스템 메시지를 본 적이 있었다.

한동안 정신없이 달리느라 잊고 있었는데, 생각지도 않았던 시점에 도움을 받으니 뭔가 횡재한 기분이었다.

한편 이안의 파티원들은 몹시 부러운 표정이 되어 있었다.

"뭐야, 저 형은 또 무슨 퀘스트를 했길래……."

"와, 대체 어떻게 하면 1천 년 전의 NPC까지 데려올 수 있는 거예요?"

"내 말이…….'"

이안은 입이 찢어지려는 것을 겨우 참으며, 뮤란을 향해 다시 입을 열었다.

"날 도와주러 왔다고?"

"그렇다."

"같이 리치 킹이라도 때려잡아 주려는 거야……?"

이안은 한껏 기대에 찬 표정을 지었다.

하지만 뮤란에게서 돌아온 대답은 안타깝게도 이안의 기대를 벗어나 있었다.

"아니, 그건 아니다. 역천의 힘을 이용해 이곳에 머물 수 있는 시간은 단 하루뿐."

"쩝……."

"그 안에 리치 킹을 처단하는 것은, 나로서도 불가능한 일이다."

"그야 그렇겠지……."

뮤란이 보여 준 전투력은 막강했다.

하지만 그렇다고 하더라도, 리치 킹에게 닿기 위해서 남은 벽이 너무도 많았다.

"그럼 어떻게 돕겠다는 거야?"

이안의 질문이 이어졌고, 모든 파티원들의 시선이 뮤란을 향해 고정되었다.

그가 어떤 대답을 할지 궁금했던 것이다.

어쨌든 이안을 돕는다는 것은 파티원 전체를 돕는 일이 될 확률이 높았으니까.

그러나 이번에도 뮤란의 대답은 모두의 예상을 뛰어넘는

것이었다.

"내게 주어진 하루 동안 그대에게 나의 모든 것을 전해주려 한다."

그리고 그 말이 끝나자마자 이안의 눈앞에 생각지도 못한 퀘스트 창이 주르륵 떠올랐다.

띠링─!

영웅, 뮤란의 안배 (히든)

인간계의 위대한 영웅 뮤란.

과거 리치 킹의 야욕을 저지했던 그는, 마계에 리치 킹을 봉인하는 데 성공했으나 그것으로 안심할 수 없었다.

그를 완벽히 소멸시키지 못하였으니, 언젠가는 다시 부활하여 야욕을 드러낼 것이라 생각한 것이다.

하여 그는, 그때를 대비한 안배를 만들어 놓았다.

그리고 뮤란의 크리스털을 얻은 당신이 바로, 영웅 뮤란의 후예이자 안배이다.

리치 킹이 부활하여 어둠의 군대를 일으킨 지금, 영웅 뮤란이 오랜 시간의 벽을 넘어 당신을 돕기 위해 나타났다.

그는 당신이, 자신의 진전을 이어 주길 바란다.

그리고 당신만 동의한다면, 자신의 모든 능력을 넘겨줄 생각이다.

이제 당신은 선택해야 한다.

만약 당신이 뮤란의 힘을 얻고 싶다면 그의 제안을 수용해야 하며, 테이밍 마스터로서의 길을 계속 걷고 싶다면 거절해야 한다.

퀘스트 난이도 : 없음

퀘스트 조건 : '뮤란의 크리스털'을 사용하여 전직한 자.

제한 시간 : 없음.

보상 : 4티어 히든 클래스 '서머너 나이트Summoner Knight'

퀘스트의 내용을 전부 읽은 이안은 그야말로 울상이 되고 말았다.

'후우, 냉정하게 생각해 보면 이건 무조건 콜 해야 되는 상황이긴 한데…….'

생각지도 못했던 뮤란의 등장과 그가 제안한 상위 티어 히든 클래스 전직 기회.

'서머너 나이트'라는 이름에서도 알 수 있지만, 새로운 히든 클래스 또한 매력적인 소환술사 클래스임이 분명했다.

애초에 카일란에서는 다른 직업군으로의 전직이 불가능했으니 말이다.

'뮤란의 크리스털' 덕에 공짜로 생긴 것이나 다름없는, 4티어 히든 클래스로 전직할 수 있는 신이 내린 기회였지만 이안은 갈등하고 있었다.

그리고 그 갈등의 이유는, 당연히 퀘스트 창에 들어 있는 '테이밍 마스터' 클래스의 티어 상승 퀘스트 때문이었다.

'테이밍 마스터 클래스의 티어가 상승하건, 서머너 나이트로 전직하건 둘 다 같은 4티어이긴 한데…….'

어떤 클래스가 더 좋은지는 지금 상황에서 알 수 없었고, 차이점을 따지자면 두 가지가 있었다.

첫 번째 차이점은 바로, 클래스의 분류.

테이밍 마스터는 자체적으로 티어가 상승하는 진화형 히든 클래스라면, 서머너 나이트는 처음부터 4티어라는 최상위 티어를 가진 클래스였다.

어차피 같은 직업군에 한해 상위 티어의 클래스로 갈아탈 수 있는 카일란의 시스템을 생각해 보면, 뭐가 낫다고는 딱히 정의 내릴 수 없다.

하지만 희소성의 측면에서는 진화형 클래스가 조금 낮다고 할 수 있었다.

그리고 두 번째 차이점은 '4티어'에 대한 불확실성.

서머너 나이트의 경우 이안이 퀘스트를 수락하기만 하면 그대로 전직하는 것이지만, 테이밍 마스터가 4티어가 되기 위해서는 어둠의 신룡 루가릭스를 테이밍해야만 한다.

이 차이는 생각보다 큰 것이다.

루가릭스가 일반적인 몬스터라면 별로 상관이 없겠지만, 그는 무려 신화 등급인 데다 고유한 이름을 가지고 있는 네임드 몬스터이다. 아직까지 사례가 없었기 때문에, 과연 테이밍을 하는 것이 가능한지조차 불확실한 것이다.

'으, 서머너 나이트라…….'

고민에 빠진 이안의 미간에 깊은 골이 패였다.

하지만 고민할 수 있는 시간은 그리 많지 않았다.

LB사의 카일란 기획 팀.

저녁 늦게까지 야근을 하던 나지찬은 따끈따끈한 물을 부은 컵라면을 들고 어디론가 향하고 있었다.

"역시, 야근엔 컵라면이지."

기획 팀 내에서 유일하게 야근을 즐기는 인물.

오늘은 거의 일주일 만에 야근이 없는 날임에도 불구하고, 나지찬은 회사에 남아 있었다.

"좋아, 모니터링실에는 아무도 없겠지?"

끼이익.

주변을 두리번거린 뒤 모니터링실의 문을 살짝 연 나지찬은, 실실 웃으며 안으로 들어갔다.

모니터링실에 있는 수십 개의 모니터를 틀어 놓고 랭커들의 영상을 구경하며 컵라면을 먹는 것은, 나지찬의 큰 즐거움 중 하나였다.

다만 다른 직원들이 상주할 때에는 모니터링실에 컵라면을 들고 들어갈 수 없었기에, 이것은 홀로 야근할 때만 가능한 소소한 일탈 같은 것이었다.

"웃차."

가장 편해 보이는 의자에 앉아 등받이를 뒤로 쭉 밀어 내린 나지찬은, 리모컨을 들어 모니터를 하나하나 켜기 시작했다.

핑— 핑— 피핑—.

모니터들이 작은 전자음을 내며 하나씩 켜지자, 나지찬은 익숙한 손놀림으로 키보드를 조작하여 원하는 랭커들의 개인영상을 하나씩 세팅했다.

"지금이 저녁 9시니까 어지간한 랭커들은 전부 접속 중이겠군."

랭커들이 오늘은 또 어떤 퀘스트를 진행하고 있을지, 또 자신이 기획해 놓은 콘텐츠들 중 어떤 것들을 플레이 중일지, 나지찬은 설레는 마음으로 모니터를 향해 시선을 돌렸다.

그리고 당연한 이야기겠지만, 나지찬이 세팅한 첫 번째 모니터에 떠올라 있는 유저는 이안이었다.

아주 특별한 경우를 제외하고는 나지찬은 항상 이안의 개인 영상을 가장 먼저 확인했으니까.

이안의 영상을 유심히 살핀 나지찬이 작은 감탄사를 터뜨렸다.

"오호, 리치 킹의 지하 뇌옥을 또 찾았네? 예상보다 많이 이른데……. 어떻게 찾았지?"

나지찬이 기억하기로 현재 유저 길드에서 가지고 있는 영지에는, 더 이상 리치 킹의 지하 뇌옥이 존재하지 않았다.

쉽게 말해 정복 전쟁이 더 진행되지 않는 한, 리치 킹의 지하 뇌옥을 추가로 찾을 수는 없다는 소리였다.

"구조를 보니 라타펠 영지에 있는 던전인 것 같은데……. 로터스가 벌써 라타펠까지 뚫었나? 그럴 리는 없을 텐데?"

나지찬은 주저리주저리 중얼거리며, 항상 지니고 다니는

본인의 태블릿PC를 켰다.

그리고 기획 팀에서만 열람할 수 있는 데이터들을 확인하기 시작했다.

"흠, 역시……. 라타펠까진 아직 도달하지 못했군. 그렇다면 저기는 잠입해서 들어간 건가?"

나지찬은 더욱 흥미진진한 표정으로 영상을 시청하기 시작했다.

이안이 저곳을 어떻게 찾았는지는 알 수 없었지만, 왜 찾았는지는 짐작 가는 바가 있었기 때문이었다.

'헬라임을 찾고 싶었겠지.'

나지찬은 헬라임에 대한 정보를 빠삭하게 알고 있었다.

직접 그를 기획한 것은 아니었지만, 워낙에 거물급 NPC였기 때문이다.

때문에 당연히, 헬라임이 지금 어디에 있는지도 알고 있었다.

"이건 운이라고 해야 하나, 감이라고 해야 하나……. 만약 감이라면 정말 귀신같은 직감이로군."

라타펠 영지 지하뇌옥의 최하층.

이안이 짐작했던 것처럼, 헬라임은 분명 그곳에 있었다.

루스펠 제국 최고의 기사였던 헬라임.

사실 리치 킹 에피소드가 완벽히 마무리되고 나면, 헬라임은 퀘스트를 통해 얻을 수 있게 설계되어 있는 NPC였다.

리치 킹이 소멸하고 어둠의 저주가 풀리고 나면, 어둠에 물든 헬라임을 정화시켜 그를 영입할 수 있는 퀘스트가 생성될 예정이었던 것이다.

하지만 지금의 시점은 아니었다.

어디까지나 유저가 헬라임을 얻을 수 있는 시점은, 리치 킹을 성공적으로 처치한 후로 설계되어 있었던 것이다.

그런데 이안이 생각지도 못한 타이밍에 숨겨져 있던 지하 뇌옥을 발견했고, 이제는 퀘스트가 어디로 튈지 모르는 상황이 되어 버렸다.

'크으, 역시 이안갓인가? 라타펠 영지군에 들키지 않고 던전을 무사히 클리어하기라도 하면, 정말 헬라임을 얻을 수도 있겠는걸.'

만약 그렇게 된다면, 로터스 왕국은 또 한 번 날개를 달게 된다.

헬라임 개인의 강력함보다도 헬라임을 통해서 키워지게 될 왕국기사단의 수준이 말도 안 되게 높아질 것이기 때문이었다.

사실 헬라임과 카이자르가 같은 레벨이라면 카이자르의 전투력이 조금 더 우위라고 할 수 있었다.

하지만 그것은 단지 전투력 스텟일 뿐, 통솔력부터 시작해서 수많은 특수 스텟들은 헬라임이 훨씬 우위에 있다고 할 수 있다.

왕국의 신하로 영입하는 차원에서는, 헬라임이 카이자르보다 몇 배 이상 득이 될 인물이라는 것이다.

"후유, 이럼 또 강제 채널 고정인데……."

후루룩—!

어느새 익은 컵라면을 흡입하며, 나지찬은 다시 리모컨을 조작했다.

가운데에 있는 커다란 메인 스크린에 이안의 영상을 옮긴 뒤, 나머지 모니터를 전부 꺼 버린 것이다.

랭커들의 상태를 싹 다 점검하려 했던 본래의 계획은 완벽히 폐기되었다.

"후후, 파티 멤버가 최상급이기는 한데……. 그래도 쉽지는 않을 거다, 이안."

언데드들을 차근차근 격파하며 이동하는 이안 일행.

그들을 보는 나지찬은 연신 히죽거리고 있었다.

본인이 기획한 던전을 랭커들이 격파해 나가는 모습을 보고 있자니, 마치 자신이 랭커들과 머리싸움을 하는 기분이든 것이다.

특히 부단장 로젠을 비롯하여 데스나이트들과의 전투가시작되자, 나지찬의 몰입도는 최고치까지 올라왔다.

"그렇지, 로젠! AI가 제대로 작동을 하는구나!"

로젠은 데스나이트를 하나하나 컨트롤하며 이안 일행을

곤란하게 만들었다.

그 광경을 보며 나지찬은 희열을 느끼고 있었다.

"자, 이제 어떻게 할 거냐, 이안. 아마 2~3시간 내로 던전 클리어를 못 하면, 라타펠 영지군에 발각되고 말걸?"

급기야 모니터 속에 있는 이안과 대화까지 시도하는 나지찬이었다.

그런데 잠시 후, 나지찬은 당황한 표정이 되고 말았다.

생각지도 못했던 뮤란이 등장하여 데스나이트들을 전부 쓸어버렸기 때문이었다.

"미친……!"

그는 뮤란의 안배가 이미 진행되고 있었으며 뮤란이 이안을 조만간 찾아갈 것이라는 사실까지도 알고 있었다.

하지만 그럼에도 불구하고, 이 거짓말 같은 타이밍은 나지찬의 두 눈을 의심하게 만들었다.

"와, 하필 이 시점에 뮤란이……."

나지찬은 더 이상 볼 것도 없다고 생각했다.

뮤란이 이안의 일행을 돕는다면, 2시간이 아니라 30분 안에 던전이 정리될 것이기 때문이었다.

그것은 뮤란의 전투력이 강하기 때문만은 아니었다.

뮤란이 이안을 찾아온 이유이자, 이제 곧 이안에게 주어질 4티어의 히든 클래스인 '서머너 나이트'.

뮤란의 능력을 이어받은 이안은 4티어의 히든 클래스인

'서머너 나이트'로 전직하게 될 것이고, 전직하는 즉시 강력한 스킬들을 얻게 된다.

게다가 직업 스텟 또한 4티어의 히든 클래스에 맞춰 상향 조정될 터.

3티어의 히든 클래스를 가지고 있을 때와는 격이 다른 전투력을 갖게 되는 것이다.

그것이 뮤란의 전투력과 시너지를 내기 시작하면, 던전의 난이도는 절반 이하로 낮아질 것이다.

나지찬은 고개를 절레절레 저었다.

"후유, 이제 헬라임까지 얻겠네."

타이밍 상 아직 헬라임은 흑화되지 않았을 것이다.

그 말인 즉, 이안이 그를 구출하기만 하면 곧바로 등용할 수 있다는 얘기였다.

친밀도가 낮은 다른 유저라면 모르지만, 항상 로터스 제국군의 선봉에 서 있었던 이안이라면 헬라임과의 친밀도는 충분할 테니 말이다.

"쩝."

흥미가 떨어진 나지찬은 다시 다른 모니터들을 켜기 시작했다.

아무리 이안의 영상이라 하더라도 결과가 불 보듯 뻔해지자 흥미가 떨어진 것이었다.

"에이, 김샜네."

나지찬은 투덜거리며 리모컨을 조작했다.

그런데 잠시 후, 그는 자신의 귀를 의심해야 했다.

그의 귓전으로, 믿을 수 없는 내용을 담은 이안의 목소리가 또렷이 들어왔기 때문이었다.

-고맙지만, 그럴 수 없을 것 같다.

-그게 무슨……?

-너의 제안을 받아들일 수 없을 것 같다고.

벌떡 일어난 나지찬이, 멍한 표정으로 스크린을 응시하기 시작했다.

"어째서지?"

"뭐가?"

"나는 강력하다. 뛰어난 소환술사인 네가 나의 강력한 능력을 이어받는다면, 분명 엄청난 강자가 될 수 있을 것이다."

"그렇겠지."

"그런데 어째서 나의 힘을 거부하는가. 그대는 나의 안배를 이어받은 진정한 영웅. 이제 나의 모든 것을 이어받아 리치 킹을 처단해야만 하는 운명을 타고났거늘…….”

이안의 거절을 믿을 수 없는지, 뮤란은 멍한 표정이 되어 있었다.

그리고 그것은 다른 파티원들 또한 마찬가지였다.

"이안 님, 왜 그래요?"

"야, 지금 무슨 짓을 하는 거야? 4티어 히든 클래스가 뉘 집 개 이름인 줄 알아?"

훈이만 빼고 말이다.

"흠, 이 형이 드디어 자체 밸런스 패치를 시도하는 건가. 하긴 혼자만 잘나가면 게임이 재미없긴 하지."

하지만 파티원들의 이야기에는 관심도 없다는 듯 이안의 말이 다시 이어졌다.

"뮤란, 나는 테이밍 마스터의 길을 걷고 있다."

"알고 있다."

"그리고 나는 아직 이 길의 끝을 보지 못했다."

"……?"

"'서머너 나이트' 또한 충분히 매력적인 길이라고 생각하나, 지금은 아니다. 적어도 테이밍 마스터의 끝을 본 뒤, 그 뒤에 생각해 보겠다."

"……!"

이안의 말이 끝나자 파티원 전원은 벙 찐 표정이 되었고, 뮤란 또한 마찬가지였다.

뮤란에게 삽입되어 있는 인공지능으로서는, 도저히 이안의 결정이 이해되지 않았던 것이다.

하지만 모든 변수에 대처가 되어 있는 뛰어난 AI답게 뮤란은 곧 정신을 차리고 이안의 말에 대응했다.

"역시 그대는 영웅의 자격을 갖추고 있군."

"……?"

"자고로 대장부라면 그 정도의 뚝심과 포부는 가지고 있어야 하는 법."

생각지 못했던 뮤란의 반응에 이안이 얼떨결에 대답했다.

"그, 그렇지."

뮤란의 말이 이어졌다.

"좋다. 그대의 선택을 존중하도록 하겠다. 다만……."

"다만?"

"그 선택과는 별개로, 그대는 나의 안배를 이어 가야만 하는 존재."

"무슨 안배……?"

뭔가 알 수 없는 불길함이 이안을 엄습했다.

"나, 뮤란의 뜻을 이어받은 영웅이여, 리치 킹 샬리언의 야욕을 저지하고 그를 처단하여 인간계를 수호하라!"

띠링─!

경쾌한 퀘스트 알림음과 함께 불길함은 곧 실화가 되고 말았다.

영웅의 책임 (히든)

당신은 뮤란의 안배를 이어받은 영웅이다.

뮤란의 안배로 당신은 '테이밍 마스터'가 될 수 있었으며, '서머너 나이트'로의 길을 갈 기회를 부여받았다.

이것은 뛰어난 인간계의 영웅인 당신의 권리.

하지만 권리가 있다면, 그에 대한 책임이 뒤따르는 법이다.

당신이 비록 서머너 나이트로의 길을 거부했으나, 그렇다고 해서 영웅으로서의 책임이 사라진 것은 아니다.

이제 당신은 영웅으로서의 책임을 완수해야 한다.

뮤란의 안배를 이어받아 리치 킹 샬리언을 처단하고, 인간계의 평화를 수호하자.

만약 책임을 다하지 못한다면, 그에 상응하는 대가를 치러야 할 것이다.

퀘스트 난이도 : SSSSS

퀘스트 조건 : '뮤란의 크리스털'을 사용하여 전직한 자.

'뮤란'의 인정을 받은 자.

제한 시간 : 30일.

보상 : 유니크 듀얼 클래스, '서머너 나이트'

*퀘스트에 실패할 시, '테이밍 마스터'클래스의 티어가 한 단계 떨어집니다.

*거부할 수 없는 퀘스트입니다.

헬라임과의 재회

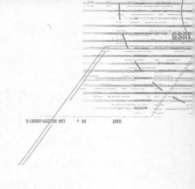

느닷없이 뮤란으로부터 받은 히든 퀘스트.

하지만 이것은 히든 퀘스트라기보단 마치 숨겨진 지뢰 같은 느낌이었다.

그리고 이미 이안은 그 지뢰를 밟았다.

이제 이안이 발을 떼기만 한다면, 곧바로 터지게 될 강력한 지뢰 말이다.

이안은 믿을 수 없다는 표정으로 퀘스트 창을 한차례 다시 정독했다.

'뭐 이딴 미친 페널티가 다 있는 건데……?'

보상이 좋은 히든 퀘스트들 중에는 종종 이렇게 클리어 실패 시 부여되는 페널티가 함께 딸려 오는 경우가 있었다.

하지만 페널티라고 해 봐야 경험치 삭감이나 명성 하락, NPC와의 친밀도 하락과 같은 정도인 것이 보통이다.

무려 보유하고 있는 히든 클래스의 티어를 한 단계 떨어뜨린다는 페널티는, 그야말로 듣도 보도 못한 강도의 것이었다.

히든 클래스의 티어를 떨어뜨린다는 것.

이것은 노력으로 복구할 수 있는 종류의 것이 아니었으니까.

티어 상승이란, 노력이 베이스에 깔린 상태에서 여러 가지 퍼즐이 맞춰져야만 가능한 것이니 말이다.

이안은 얼음처럼 굳어 있었다.

한편, 타들어 가는 그의 속을 알 턱이 없는 뮤란은 흡족한 표정으로 이안을 향해 입을 열었다.

"어쩌면 나의 안배는 괜한 짓이었을지도 모르겠군. 후대에 자네와 같은 든든한 영웅이 있는 줄 알았더라면, 마음 편히 쉬어도 될 뻔했어."

가슴이 따뜻해지다 못해 타들어 갈 것만 같은 뮤란의 격려가 이어졌고, 옆에 있던 엘카릭스는 그 위에 휘발유를 콸콸 쏟아부었다.

"우와와, 역시 우리 아빠가 짱이야!"

엘카릭스는 뭐가 그리 신이 나는 건지, 이안의 등에 매달려 까르르 웃었다.

하지만 이안에게 작금의 사태는, 엘카릭스의 귀여운 목소리조차도 약 올리는 것으로 들릴 정도로 심각한 상황이었다.

"후우우……."

이안은 냉정을 되찾기 위해 한차례 크게 심호흡을 했다.

이 미친 퀘스트가 발발함으로 인해 앞으로의 계획을 전면 수정해야 할 상황에 놓인 것이다.

'엘리카 왕국 정복을 나중으로 미뤄야 하게 생겼어. 길드 원들에게 양해를 구하고, 최대한 빨리 병력을 정비해서 유피르 산맥으로 향해야겠군. 그리고 친분을 최대한 활용해서 랭커란 랭커들은 죄다 끌어모아야…….'

이안의 머리가 빠르게 회전하기 시작했다.

극악의 난이도를 가진 퀘스트임은 분명했지만, 거부할 수 없는 퀘스트인 이상 피할 수 없다는 사실 또한 분명했다.

그렇다면 남은 것은 최대한 성공률을 높이는 것이다.

포기 같은 것은 이안의 플레이 스타일과 어울리지 않는 것이었으니까.

이안의 머리가 복잡해져 있던 그때, 고민에 빠져 있던 것은 이안뿐만이 아니었다.

이안이 다른 파티원들에게도 퀘스트를 공유했던 것이다.

다른 파티원들도 이 괴랄한 난이도의 퀘스트 창을 읽고 있었던 것이다.

물론 보상과 페널티는 이안과 완전히 달랐지만, 나머지 퀘스트 내용은 거의 동일했다.

파티원들은 급기야 슬금슬금 이안의 눈치를 보기 시작했다.

그리고 잠시 후, 레미르를 시작으로 파티원들이 조심스레 의견을 피력했다.

"이안아, 이 퀘스트는 공유받지 않아도 될까?"

레비아와 유신까지…….

"이안 님, 저도 한 타임 쉬어 갈게요. 히든 퀘스트를 공유해 주셔서 고맙긴 하지만, 이건 아닌 것 같……."

"미안하군, 이안. 함께할 수 없을 것 같다."

이어서 세 줄의 시스템 메시지가 이안의 눈앞에 떠올랐다.

–파티원 '레미르'가 퀘스트 공유를 거부하였습니다.

–파티원 '레비아'가 퀘스트 공유를 거부하였습니다.

–파티원 '유신'이 퀘스트 공유를 거부하였습니다.

이안은 배신감에 몸을 부르르 떨었다.

"누나, 레비아 님, 유신!"

하지만 세 사람은 이안의 시선을 슬금슬금 외면하고 있었다.

"크윽……."

이안은 망연자실한 표정이 되고 말았다.

그런데 그때, 그를 위로하는 손길이 하나 있었다.

"형님, 전 형님을 따르겠습니다!"

그 목소리에, 모두의 시선이 목소리가 흘러나온 방향을 향했다.

그리고 그곳에는 비장한 표정을 한 훈이가 서 있었다.

그야말로 감동적인 훈이의 행동에 파티원들이 당황한 것은 당연한 수순이었다.

"오, 이걸 훈이가……?"

"정신 차려 훈아! 과도한 사냥 스트레스로 정신이 이상해진 건 아니지?"

하지만 놀란 파티원들과 달리, 오히려 이안은 담담한 표정이었다.

훈이가 이러는 이유를 이안만은 정확히 알고 있었기 때문이었다.

"오버하지 마, 짜샤. 넌 어차피 나랑 한배를 타고 있었던 거잖아."

"……."

그랬다.

훈이는 이미, 본인의 4티어 히든 클래스의 전직 퀘스트를 완수하기 위해 리치 킹 샬리언을 처단해야 하는 상황이었던 것이다.

심지어 제한 시간이 끝나는 시점도 거의 비슷한 상황이었다.

물론 이안처럼 실패 시 강력한 페널티가 있거나 하지는 않았지만 말이다.

훈이의 영원한 상전인 이안은, 이미 그의 퀘스트 목록을 줄줄이 꿰고 있었다.

"후, 내 진심을 몰라주다니. 너무해⋯⋯."

본심이 간파당한 훈이는 최대한 불쌍한 표정을 지어 보였지만, 당연히 씨알도 먹히지 않았다.

"시끄럽고, 일단 뇌옥부터 빠르게 클리어하자."

훈이에게 핀잔을 준 이안이, 이번에는 다른 파티원들을 응시했다.

그리고 간담이 서늘해질 만큼 무시무시한 협박을 감행하는 것도 잊지 않았다.

"다들 안심하기는 이르다고. 내가 어떻게든 전부 데려갈 테니까 말이야."

딱히 근거 같은 것은 없는, 밑도 끝도 없는 협박이었다.

하지만 이안의 입에서 나왔다는 사실 하나만으로도 결코 허투루 들을 수는 없었다.

"아오, 미치겠네. 이놈은 대체 왜 정상적으로 플레이하는 적이 없는 거야?"

이안의 황당한 결정을 확인한 나지찬은, 그야말로 어이없는 표정이 되어 있었다.

타이밍까지 딱딱 맞아떨어지며 순조로운 플레이를 해 나

가던 이안이, 생각지도 못했던 부분에서 예측을 벗어났기 때문이었다.

그야말로 '거저' 주겠다는 4티어의 히든 클래스를 포기하겠다니.

이런 전개를 나지찬뿐 아니라 그 누가 상상할 수 있었겠는가?

"이건 아니야, 이건⋯⋯."

나지찬은 안절부절 못 하는 걸음걸이로 모니터링실을 왔다 갔다 하기 시작했다.

이안의 이 생각지 못한 선택은, 기획 팀에게 또 하나의 일거리를 만들어 주었기 때문이었다.

사실 콘텐츠 소모를 최대한 늦춰야 하는 기획자의 입장에서, 이안의 이러한 선택은 결코 나쁜 것이 아니었다.

오히려 환영해야 할 상황인 것이다.

4티어 클래스인 것을 떠나서, '서머너 나이트'에는 리치 킹을 상대하기 위한 중요한 열쇠가 담겨 있었다.

때문에 이 열쇠 없이는 아무리 이안이라 하더라도 리치 킹을 처치하는 것이 힘들 것이다.

이 말인 즉, 리치 킹 에피소드를 더 오래 우려먹을 수 있게 되었다는 이야기다.

하지만 문제는 다른 부분에 있었다.

그것은 아이러니하게도, 이안이 이 선택으로 인해 얻게 된

'영웅의 책임'이라는 히든 퀘스트였다.

이 퀘스트는 사실, 기획 팀에서 기획한 퀘스트가 아니었으니까.

영웅의 책임은 원래 '없었던' 퀘스트였다.

'후, 문제가 발생할 것이라 생각하기는 했지만…….'

이안이 기획 팀이 생각하지 못했던 범주의 플레이를 해 버렸기 때문에, 제멋대로 퀘스트가 생성되어 버린 것이다.

카일란의 시스템은, 기획 팀에서 미처 기획하지 못한 범주의 상황에 대해 나름의 알고리즘으로 판단하여 대응하도록 설계되어 있다.

그리하여 뮤란 또한, 가지고 있는 AI를 활용하여 나름대로 판단을 내렸고, 그 판단의 일환으로 퀘스트를 만들어 낸 것이었다.

'후, 멋대로 퀘스트를 만들 거면 좀 정상적인 것으로다가 만들든가…….'

나지찬은 머리가 지끈거리는지, 두 손으로 머리를 부여잡은 채 고개를 절레절레 흔들었다.

이 퀘스트에는 치명적인 문제가 몇 가지 있었다.

그리고 그중에서도 가장 치명적인 문제는 바로, '유니크 듀얼 클래스'라는 부분이었다.

뮤란이 퀘스트를 줄 때 제멋대로 넣어 버린 보상인 '유니크 듀얼 클래스'.

이건 애초에, 있지도 않은 종류의 클래스 부여 방식이었으니까.

'진짜 골치 아프네. 이안 하나 때문에 이 유니크 듀얼 어쩌고를 기획해야 되는 거야? 그 힘든 밸런스 조정 작업 하나하나씩 다 해 가면서?'

차라리 신규 히든 클래스 하나 추가하는 것이 오히려 쉬울 지경이었다.

신규 히든 클래스는 기존에 있는 기획 베이스에 새로운 스킬과 특성을 몇 가지 추가하면 되는 것이지만, 아예 새로운 시스템의 도입은 뜯어고쳐야 하는 것이 한두 가지가 아니었으니까.

"끄으……."

카일란의 기획 팀에서 일한 지도 벌써 햇수로 5년.

카일란이 오픈하기도 한참 전부터 이곳에서 일한 나지찬은, 본인의 멘탈이 다이아몬드에 버금갈 정도로 단단하다고 자부하고 있었다.

한데 이안 덕분(?)에, 벌써 두 번째로 정신이 혼미해지는 것을 느끼게 되었다.

과거 이안이 용의 제단에서 차원의 문을 찾을 뻔했을 때가 첫 번째 위기였고, 이번이 두 번째 위기였다.

"후……. 그냥 다 내려놓고, 이안이 퀘스트 실패하길 기도해 볼까?"

솔직히 나지찬이 생각하기에, 서머너 나이트 클래스 없이 이안이 퀘스트를 완수할 확률은 1할도 채 되지 않는 수준이었다.

때문에 이 도박은, 어쩌면 괜찮은 것일 수도 있었다.

이안이 퀘스트를 실패하기만 한다면, 정말 아무 일도 없었던 것처럼 원점으로 돌아갈 수 있었으니까.

테이밍 마스터 클래스의 티어 하락도 사실 너무 과한 페널티였지만, 그건 이렇게까지 심각한 문제는 아니었다.

추후에 보상 차원에서 자연스럽게 티어 상승 기회를 줘어 주면 되는 것이었으니 말이다.

하지만 그럴 수 없다는 것은, 나지찬 본인이 가장 잘 알고 있었다.

만약 1할의 확률로 이안이 퀘스트를 성공시키기라도 한다면, 그 끝은 그야말로 파국이다.

나지찬이 뭐에 홀리기라도 한 듯, 초점 없는 눈빛으로 중얼거렸다.

"그 10퍼센트의 확률 때문에……. 우린 결국 철야를 해야겠지."

이안의 퀘스트 제한 시간은 30일이었지만, 기획 팀에게 부여된 퀘스트의 제한 시간은 그보다 더 부족했다.

이안이 당장 퀘스트를 완료하지는 않겠지만, 적어도 며칠의 여유는 남겨 두고 리치 킹 공략에 도전할 것이기 때문이었다.

'27일, 아니, 25일……? 그 안에는 전부 만들어서 세팅해 놓아야 돼.'

아무리 야근을 즐기는 변태(?) 나지찬이라 하더라도, 이쯤 되면 즐겁게 일하는 것이 불가능했다.

이건 야근을 넘어서 고문 수준이었으니 말이다.

컵라면 사리는 어느새 불어 터져 우동사리가 되어 있었다.

후루룩–!

나지찬은 남아 있던 컵라면을 국물까지 남김없이 흡입하였지만, 아무런 맛도 느낄 수 없었다.

그저 퀭한 눈으로 터덜터덜 걸음을 옮길 뿐이었다.

"듀얼 클래스랑 기획 콘셉트가 겹쳐서도 안 되고……. 메인 클래스랑 어떤 식으로 연계시켜 줘야 할지도 생각해야겠지."

이안이 히든 클래스를 거절하던 그 잠깐 사이에, 최소 10년은 늙어 버린 기분이었다.

모니터링실의 문을 연 나지찬이 나가기 전 스크린을 다시 한 번 응시했다.

화면에는 이안의 모습이 대문짝만하게 떠올라 있었다.

"크, 이안갓은 지금 본인이 무슨 짓을 한 건지 알고 있을까?"

적어도 오늘 만큼은 이안갓의 안티가 되고 싶은 나지찬이었다.

그 누구도 예상치 못했던 뮤란의 등장이었다.

그로 인해 한차례 폭풍이 지나갔지만, 결과적으로 던전 공략은 훨씬 수월해졌다.

이안의 히든 클래스 티어 상승이 이루어지지 못한 것과 별개로, 뮤란의 전투력이 엄청났기 때문이다.

뮤란은 이안이 지금까지 봐 왔던 어떤 NPC보다도 막강한 전투력을 가지고 있었던 것이다.

차원의 마탑주 그리퍼나 사랑의 숲지기인 이리엘과 같이, 함께 전투해 본 일이 없는 NPC들은 예외였지만 말이다.

물론 '신'과 같은 특수한 케이스도 제외였다.

"캬, 뮤란이 그러니까, 제국 수도에 세워져 있던 그 동상 아저씨 맞지?"

"그렇다니까. 역시! 이쯤 되니까 동상도 세워 주는구나."

일행은 뮤란의 강력함에 감탄했다.

그리고 이안 또한 예외는 아니었다.

'진짜 엄청나군. 게다가 지금 발휘할 수 있는 힘이 원래 가진 힘의 절반도 채 안 되는 수준이라니…….'

앞장서서 언데드들을 베어 넘기는 뮤란을 보며, 이안은 혀를 내둘렀다.

궁금한 것이 생긴 이안이 뮤란을 향해 물었다.

"뮤란."

"왜 부르는가, 영웅이여."

"너처럼 검을 세 개 쓰려면 어떻게 해야 하지?"

허공을 부유하며 언데드들을 농락하는 뮤란의 세 자루 대검.

파괴력도 파괴력이었지만, 그 화려한 검술을 보고 있자니 탐이 나지 않을 수 없었던 것이다.

하지만 뮤란의 대답은 이안의 심기만 더 불편하게 만들어 주었다.

"이건 서머너 나이트가 가진 능력 중 최상위 티어에 속하는 권능이다."

"뭐?"

"자아를 가지고 있는 무기에 생명력을 불어넣는 것. 이것이 바로 서머너 나이트만이 가지고 있는 권능이라 할 수 있지."

"자아를 가지고 있는 무기라……. 에고웨폰을 말하는 건가?"

이안의 반문에 뮤란은 살짝 놀란 표정이 되었다.

"바로 맞췄다. 역시 그대는 박식하군. 인간이 에고웨폰의 존재까지 알고 있을 줄이야."

잠시 뜸을 들인 뮤란이 자랑스러운 표정으로 말을 이어 갔다.

"에고웨폰의 성능을 최대치까지 끌어올 수 있는 클래스가 바로 서머너 나이트다. 물론 에고웨폰이 구하기 쉬운 녀석들은 아니지만 말이야."

"음…….""

"그리고 아직 나도 도달하지 못한 경지이기는 하나, 서머너 나이트의 상위 클래스를 얻는다면 직접 무기에 영혼Ego을 부여할 수 있다고 알고 있다."

"도달하지 못했다며, 어떻게 알아?"

"중간계에는 이미 그 수준에 도달한 존재들이 여럿 있기 때문이다."

"…….""

이안은 문득 우울한 기분이 되었다.

'그냥 전직할 걸 그랬나…….'

현재 이안이 사용하고 있는 무기인 정령왕의 심판.

그리고 뿍뿍이의 등껍질을 사용해 제작한 귀룡의 방패.

이미 이안은 두 개나 되는 에고웨폰을 가지고 있었다.

그 말인 즉, 퀘스트를 받아들여 서머너 나이트가 되었다면, 그 즉시 최상위 티어의 권능까지 활용하는 것이 가능하다는 이야기인 것이다.

게다가 나중에는 무기에 에고를 직접 부여할 수 있는 경지까지 성장할 수 있다니.

이안은 절로 군침이 도는 것을 느꼈다.

'남의 떡이 더 커 보인다더니…….'

선두에서 길을 뚫는 뮤란의 세 자루 대검을 보며, 이안은 두 주먹을 불끈 쥐었다.

'그래. 아직 퀘스트가 실패한 것도 아니잖아? 성공만 시키면 듀얼 클래스로 얻을 수 있는 거니, 오히려 더 잘된 일일 수도 있어.'

마인드 컨트롤을 통해 무한 긍정을 하기 시작하자, 다시 이안의 마음속에 있던 의지에 불이 붙는 느낌이 들었다.

카일란을 플레이한 이래로 처음 보는 단어인 '유니크 듀얼 클래스'.

이게 뭔지는 모르겠지만(사실, 아직은 기획자조차 모르는 단어이다) 아마 서머너 나이트의 온전한 능력을 전부 얻지는 못할 것이다.

마계가 오픈되며 처음 선보였던 기존의 '듀얼 클래스'도 마족 유저가 아닌 이상 100퍼센트의 능력을 부여받지는 못하는 방식이었으니 말이다.

하지만 그렇다 하더라도 뮤란으로부터 얻은 서머너 나이트에 대한 정보가 워낙 충격적이었기 때문에, 동기부여가 되기에는 충분했다.

이안이 활활 타오르는 눈빛으로, 옆에 있던 뿍뿍이를 응시했다.

"뿍뿍아."

"왜 부르냐뿍."

"우린 할 수 있을 거야."

"……?"

고지능(?) 거북인 뿍뿍이로서도 짐작할 수 없는, 밑도 끝도 없는 이안의 말이었다.

하지만 의미는 알 수 없더라도, 그 말에 실려 있는 알 수 없는 불길함 정도는 느낄 수 있었다.

이안과 함께한 세월이 허투루 지나간 것은 아니었으니 말이다.

커다란 뿍뿍이의 눈망울이 가늘게 떨렸다.

"뭘 하는 건지는 모르겠지만, 적당히 했으면 좋겠뿍."

하지만 안타깝게도, '적당히'라는 단어는 이안의 게임 역사상 등장한 적이 별로 없는 단어인 것 같았다.

라타펠 영지의 지하 뇌옥은, 이안이 예상했던 것보다도 훨씬 거대한 던전이었다.

'지하 5층 정도에서 끝날 줄 알았는데 어느새 7층이라니…….'

뮤란이 등장한 뒤 거의 30~40분 동안 이안 일행은 일사천리로 던전을 돌파하고 있었다.

그럼에도 불구하고 아직까지 끝을 보지 못했으니, 이안은 간담이 서늘한 것을 느꼈다.

'뮤란이 없었다면 최소 2시간은 더 걸렸겠지.'

만약 2시간이 걸렸음에도 끝을 보지 못한다면, 이안은 던전 공략을 포기할 생각이었다.

그 말인 즉 뮤란이 없었더라면, 이미 이안 일행은 던전을 포기하고 귀환했을 것이라는 말이었다.

콰쾅— 쾅—!

할리의 등에 올라탄 이안이 창으로 쉴 새 없이 허공을 가르며 언데드를 타격했다.

그리고 그것은 거의 기계적인 움직임이었다.

"키에엑, 인간 주제에 강력하군!"

어둠의 악령들은 절규하며 허공으로 흩어져 갔다.

이안은 열심히 창을 휘두르는 와중에도 계속해서 지형을 파악했다.

'좌측으로 뚫고 들어가면 길이 열리겠군. 그나저나 통로가 좁은 걸로 봐서는 이번에도 보스 방은 아닌 것 같은데…….
다음 층이 또 있는 건가?'

카일란의 던전 구조는 일정한 패턴을 가지고 있는 편이었다.

때문에 이안의 짐작은 아마 맞아떨어지리라.

"카카, 먼저 가서 정찰 좀 부탁해."

"알겠다, 주인아."

빛 속성의 공격을 가할 수 있는 존재가 있을 턱이 없는 지하 뇌옥 던전이었기에, 이안은 카카의 정찰 능력을 최대한 활용하였다.

그리고 잠시 후, 지금까지 그래 왔던 것처럼 이안 일행은 순조롭게 다음 층으로 내려가는 계단실을 발견할 수 있었다.

"좋아, 이쪽으로!"

"크, 카카, 잘했어!"

"카카 이 녀석, 길 찾는 실력이 날로 일취월장하는걸."

파티원들의 칭찬에 우쭐한 표정이 된 카카가, 기분 좋은 날갯짓을 하며 이안의 어깨에 내려앉았다.

"엣헴, 원래 내가 못하는 건 별로 없다고. 난 세상에서 제일 똑똑하거든."

그런데 그때, 그 옆에 걷고 있던 엘카릭스가 양 볼을 부풀리며 카카를 째려보았다.

"아니거든! 내가 제일 똑똑하거든!"

"누가 그래?"

"아빠가 그랬거든!"

엘카릭스의 반론에 카카가 손가락을 까딱거리며 고개를 저었다.

"엘카릭스, 혹시 하얀 거짓말이라고 알아?"

엘카릭스의 심기를 살살 건드리는 카카의 발언.

하지만 엘카릭스는 역시 만만치 않았다.

"카카, 넌 혹시 하얀 꿀밤이라고 알아?"

"……?"

"이쪽으로 와 볼래? 내가 꿀밤 한 번만 때려 보게."

"히, 히익!"

빛의 신룡인 엘카릭스의 꿀밤은, 카카에겐 그야말로 재앙이라 할 수 있었던 것이다.

카카의 잘난 척을 간단히 제압한 엘카릭스는 그제야 만족스런 표정이 되었다.

"아빠, 나 잘했죠?"

"그러엄, 우리 엘이가 무조건 잘했지."

"……."

어쨌든 작은 소란을 뒤로한 채, 이안 일행 전원이 다음 층으로 가는 계단실에 발을 디뎠다.

그리고 그 순간, 파티원 전원의 눈앞에 새로운 시스템 메시지가 떠오르기 시작했다.

띠링—!

—지하 뇌옥의 최하층을 발견하셨습니다.

—강력한 어둠의 힘이 느껴집니다.

메시지를 확인한 이안은 반사적으로 고개를 주억거렸다.

'오케이, 드디어 최하층이군.'

어쨌든 다음 층이 최하층이라는 확실한 정보를 얻었으니, 보스룸을 찾는 것은 이제 시간문제였다.

심리적인 여유가 생긴 것이다.

그런데 그때, 이안 일행의 눈앞에 추가적인 메시지가 몇 줄 더 떠올랐다.

-어둠의 하수인 '라카메르'가 당신들의 존재를 알아챘습니다.

-라타펠 영지의 숨겨진 비사를 발견하였습니다.

이어서 이안들의 시야가 새카맣게 어두워졌다.

라타펠 영지의 심처에는, 어둠의 힘의 근원이라 할 수 있는 어둠의 성소가 존재한다.

그리고 어둠의 성소 바로 옆에는, 영지의 죄수들을 감금하는 지하 뇌옥이 자리 잡고 있었다.

때문에 리치 킹 샬리언은 아주 오래 전부터 이 지하 뇌옥을 눈독들이고 있었다.

성소의 힘이 닿는 이 지하 뇌옥이라면, 어둠의 군단을 육성하기 아주 적합하리라 생각한 것이다.

성소에서 뿜어져 나오는 강력한 어둠의 힘은 어둠의 씨앗들이 더욱 빠르고 강하게 자랄 수 있도록 도와주기 때문이었다.

하여 샬리언은, 자신의 하수인인 '라카메르'를 의도적으로 죄를 짓게 하여 라타펠 영지의 지하 뇌옥으로 보내었다.

-라카메르, 너를 믿겠다.

　-황송합니다, 어둠의 주인이시여.

　그리고 원래도 강력한 흑마법사였던 라카메르는, 지하 뇌옥을 빠르게 장악하고 안에서 몰래 힘을 기르기 시작했다.

　-크큭, 멍청한 인간들…….

　라카메르는 빠르게 성장하였다.

　지하 뇌옥은 라카메르가 성장하기에 최상의 조건을 곳이기 때문이었다.

　흑화하여 어둠의 의식을 치를 만한 죄수들이 계속해서 공급되었으며 바로 옆에는 어둠의 성소가 자리하고 있었으니, 흑마법사에게는 그야말로 천국이라 할 수 있는 입지였던 것이다.

　오랜 시간동안 샬리언의 지원을 받으며 성장한 라카메르는 결국 '리치 메이지'가 되기에 이른다.

　그리고 라카메르가 리치가 되던 날, 샬리언이 그에게 새로운 명령을 내렸다.

　-이제는 때가 되었다.

　-하명하십시오, 나의 군주시여.

　-영지군을 장악하고 라타펠의 영주를 납치하라.

　-알겠나이다.

　-나는 그를 하수인으로 만들어 이 영지를 어둠의 영지로 삼을 것이다.

　-명을 받들겠나이다!

이미 라카메르로 인해 썩을 만큼 썩어 있었던 라타펠 영지
는 손쉽게 리치 킹의 손아귀에 들어갔고, 이것이 바로 어둠
의 왕국의 시발점이었다.

샬리언과 라카메르는, 라타펠 영지를 시작으로 엘리카 왕
국을 야금야금 먹어치우기 시작한 것이었다.

그렇게 10분 정도에 걸친 짧은 영상은 끝이 났고, 이안은
고개를 갸우뚱했다.

스토리 자체는 흥미로웠으나, 뜬금없이 비하인드 스토리
가 등장한 이유를 알 수 없었기 때문이었다.

'뭐지? 관련 퀘스트를 진행 중인 것도 아닌데?'

그리고 이안이 의문을 품기가 무섭게, 일행의 눈앞에 퀘스
트의 발동을 알리는 메시지가 떠올랐다.

띠링-!

-돌발 퀘스트가 생성되었습니다.

-'엘리카 왕의 눈물' 퀘스트가 발동합니다.

'엘리카 왕의 눈물 (히든)(돌발)'

엘리카 왕국은 어둠의 신 카데스를 섬기는 종교인 '카데스교'를 국교로
하는 왕국이다.
하지만 카데스교를 숭배한다고 하여 왕국 전체가 어둠에 물들어 있던
것은 아니었다.
어둠의 신 카데스가 타락하기 전까지 카데스교는 무척이나 건전한 종교
였으니 말이다.
인과율을 넘지 않는 선에서 망자와 인간이 상생할 수 있는 다리를 놓아

주었던 카데스교.

하지만 어둠의 신이 타락하자 상황은 달라졌다.

카데스의 묵인 하에 리치 킹이 마수를 뻗쳐 왔고, 종래에는 엘리카 왕국 전체가 완벽히 어둠에 빠져 버린 것이다.

리치 킹 살리언의 음모로 인해 엘리카 왕국은 어둠의 손아귀에 들어가고 말았다.

그리고 엘리카의 국왕이자 성군으로 칭송받던 '레무스 엘리카'는 라타펠 영지 지하 뇌옥에 갇히고 말았다.

지하 뇌옥을 통제하는 살리언의 하수인 라카메르.

그를 처치하고 어둠의 성소를 파괴한 뒤 지하 뇌옥 어딘가에 갇혀 있는 레무스 엘리카를 구출하자.

그를 성공적으로 구출한다면 아직 왕성에 남아 있는 엘리카 왕국 충신들의 지지를 얻을 수 있을 것이다.

퀘스트 난이도 : SSS

퀘스트 조건 : 350레벨 이상의 유저.

라타펠 영지 지하 뇌옥, 최하층에 입장한 유저.

명성 1,500만 이상을 보유한 유저.

제한 시간 : 80분

보상 : 엘리카 국왕의 징표.

　　　　레무스 엘리카와의 친밀도 대폭 상승.

　　　　(해당 NPC보다 명성과 직책이 높을 시, 가신으로 영입할 수 있습니다.)

*퀘스트에 실패할 시 명성이 20만 만큼 감소됩니다.

"……!"

퀘스트 내용을 전부 확인한 이안의 두 눈이 살짝 커졌다.

'이거 잘하면, 엘리카 왕국을 통째로 먹을 수도 있겠는데?'

만약 로터스가 제국의 단계까지 성장했더라면, 엘리카 국왕을 등용하고 엘리카 왕국을 속국으로 편입하는 것이 가능한 상황이다.

다만 로터스는 아직 왕국이고 이안의 지위 또한 국왕이기 때문에 그렇게까지는 할 수 없다.

그럼에도 불구하고 엘리카 왕국을 먹을 수 있겠다는 생각을 한 것은, 어둠에 물들어 있는 엘리카 왕국의 특수한 상황 때문이었다.

'레무스 엘리카라는 녀석의 현재 직책은 국왕이 아닐 테니 말이야.'

지하 뇌옥에 갇혀 있는 한 레무스 엘리카는 죄수의 신분일 뿐이었다.

그렇다면 남은 것은 명성 수치였는데, 이안은 결코 자신의 명성이 엘리카 왕국의 국왕이라는 NPC보다 낮을 것이라 생각하지 않았다.

그동안 쌓아 놓은 명성이 어마어마했기 때문이기도 하지만, 객관적으로 보아도 지금 이안의 명성은 황제 즉위 조건에도 근접해 있는 상황이었다.

그 다음은 간단했다.

레무스 엘리카의 명분을 등에 업는다면, 아직 어둠에 물들지 않은 엘리카 왕국의 신하들이 정복 전쟁을 도와줄 것이다.

그리고 여기까지만 순조롭게 진행된다면, 엘리카 왕국 왕성까지 뚫는 것은 일도 아니었다.

정복에 걸리는 시간을 절반 이하로 단축시킬 수 있는 것이다.

'왕성을 먹은 뒤에 레무스 엘리카라는 녀석을 국왕으로 앉히면, 남은 자잘한 영지들은 알아서 항복하겠지.'

물론 앞에서도 설명했듯, 로터스가 제국은 아니기 때문에 엘리카 왕국을 속국으로 편입시킬 수는 없다.

하지만 엘리카 왕국과 로터스 왕국은 군신관계가 될 것이고, 나중에 로터스가 제국이 된 뒤 합병하면 될 일이었다.

그리고 이러한 시나리오는, 현재 엘리카 국왕인 '레무스 엘리카'가 뇌옥에 갇혀 있기 때문에 가능한 시나리오라 할 수 있었다.

아귀가 잘 맞아떨어진 것이다.

'크, 레무스라는 녀석. 스텟도 좀 뛰어났으면 좋겠는데…….'

어차피 그를 가신으로 영입하게 된다면, 헬라임이나 카이자르처럼 뛰어난 능력치를 가지고 있는 것이 이안에게도 이득이다.

척―!

무려 전직 '국왕'을 가신으로 들일 생각에 들뜬 이안은 창대를 고쳐 잡으며 걸음을 내디뎠다.

"라카메르인지 뭔지, 때려잡으러 가 볼까?"

―지하 뇌옥의 최하층에 입장하셨습니다.

-'엘리카 왕의 눈물' 퀘스트의 남은 제한 시간 : 01:19:23

-라카메르의 하수인들이 깨어납니다.

-던전, 첫 번째의 웨이브가 시작됩니다.

우우웅-!

커다란 공명음이 이안의 귓전을 강타했다.

거의 반나절에 걸친 전투 끝에 찾아낸 뇌옥의 최하층.

그곳에 들어서자마자 일행을 반겨 준 것은, 수많은 언데드 들이었다.

"키에엑, 인간들이 침입했다!"

"이곳은 어둠의 성역! 모조리 죽여 주마!"

새로운 전장에 입장한 이안은, 먼저 맵의 구조부터 파악 했다.

'널찍한 복도식으로 쭉 이어진 직선 구조네. 양쪽으로는 뇌옥들이 들어서 있고…….'

지하 뇌옥 던전의 최하층은, 지금까지의 맵들 중 가장 넓 은 듯했다.

그도 그럴 것이 '지하 뇌옥'임에도 불구하고 지금까지 거쳐 서 내려온 층들에는, 뇌옥이 하나도 존재하지 않았던 것이다.

모든 죄수들이 갇혀 있는 곳이, 바로 이 최하층이었던 것.

뇌옥의 생김새가 복잡하지 않고 넓은 편이었기 때문에, 다 수를 상대하기에는 불리한 구조였다.

'탱커들만 앞에 세워 놓고, 나머지는 횡으로 늘어서야겠

어. 둘러싸여 버리면 위험할 수 있으니까…….'

생각을 정리한 이안이, 빠르게 지시를 내렸다.

직접적인 통제가 불가능한 뮤란이야 어쩔 수 없었지만, 소환수들을 비롯해 나머지 파티원들을 통제하여 진형을 갖춘 것이다.

"이대로 복도 끝까지 쭉 밀고 나가자. 뚫리면 바로 얘기하고."

"오케이!"

"알겠어요!"

이안 파티의 진형은 간단했다.

파티원들이 횡으로 쭉 늘어서서, 복도 전체를 막아 버린 것이다.

빡빡이나 훈이가 소환한 어둠의 골렘 등 탱커들만 앞으로 배치해 두고, 나머지는 전부 일렬횡대를 유지하였다.

유일하게 후방에 배치된 것은 힐러인 레비아였다.

"이거 괜찮은 생각이긴 한데, 나랑 훈이는 뒤로 빠지는 게 낫지 않을까? 간격을 좀 넓게 하더라도 말야."

레미르의 질문에 이안이 고개를 저었다.

"아냐, 누나. 두 사람이 빠지면 방어선이 너무 헐거워져서 안 돼. 정신없이 싸우다 보면 진형 유지도 힘들다고."

"음, 그래도 마법사가 방어선에 서는 건 좀 위험한데……."

"그래서 둘이 양쪽 끝이잖아. 거긴 생각보다 딜 많이 안

들어올 거야."

"그런가? 알겠어. 일단 해 보지 뭐."

이안에게 명령을 받지 않는 뮤란은, 자연스레 선봉에 서 길을 뚫기 시작했다.

횡대로 밀고 올라가는 이안 파티의 앞에 서서, 신들린 듯 언데드를 학살하는 뮤란.

그리고 이것까지도 이안의 계획에 있던 시나리오였다.

'이러면 자연스럽게 양쪽 진영이 살짝 밀려 내려가겠지.'

일렬횡대를 최대한 유지하려 노력하더라도, 뮤란이 활약 하는 센터진영이 자연스레 앞으로 솟아오를 수밖에 없다.

그러면 결국 가운데가 뾰족하게 올라온 삼각진三角陣의 형 태가 되는데, 이러면 훈이와 레미르가 위치한 양쪽 끝은 대 미지를 최소화시킬 수 있는 것이다.

양옆은 막혀 있는 데다 전방 각도가 음각이 되어 버리니, 공격받을 수 있는 범위가 상당히 제한적이 될 수밖에 없다.

만약 적들이 양쪽 끝으로 파고들려 해도 탱커들의 도발 스 킬이 있기 때문에 걱정할 것이 없었다.

한 번 진형이 자리 잡히자, 이안 파티는 파죽지세로 던전 을 돌파하기 시작했다.

"핀, 분쇄! 카르세우스는 5초 뒤에 브레스 장전하고……. 훈아, 다크 스웜프Dark Swamp!"

이렇게 앞뒤로 탁 트인 맵에서는 한 번 둘러싸이면 골치 아픈 것이 한두 가지가 아니다.

특히 마법사들의 경우 사방에서 공격이 들어오기 때문에 마법을 캐스팅할 타이밍조차 잘 나오지 않는 것이다.

물론 캐스팅 시간이 2초 이내인 단발성 마법이야 가능하겠지만, 최소 5초 이상의 시간 동안 캐스팅해야 발동시킬 수 있는 광역기의 경우 발동시키는 것이 정말 힘들었다.

하지만 전방을 완벽하게 틀어막고 있는 지금의 진형에서는 이야기가 달랐다.

양쪽 끝에서 거의 공격을 받지 않는 레미르와 훈이가 신나게 마법을 난사할 수 있는 것이다.

펑- 퍼퍼펑-!

그리고 이안의 주문에 따라, 훈이가 광역 흑마법인 '다크 스웜프'를 발동시켰다.

다크 스웜프는 말 그대로 어둠의 늪이다.

공격력은 약하지만, 광역으로 각종 디버프를 거는 고위 흑마법인 것이다.

다크 스웜프의 범위 안에 들어선 적들은 이동속도가 대폭 감소하게 되며, 마법 저항력도 현저히 낮아진다.

꾸룩- 꾸루룩-!

훈이의 다크스웜프가 발동되자, 바닥에서부터 끈적끈적한 어두운 기운이 부글거리기 시작했다.

그리고 그것을 밟은 언데드들은 우왕좌왕했다.

"케륵- 케켁!"

"광역 마법이다! 후방으로 후퇴하라!"

높은 통솔력과 AI를 가진 데스나이트들이 후퇴 명령을 내려 보지만, 소용없었다.

이미 이동속도가 현저히 느려진 상태였고, 거기에 레미르가 빙계 광역 마법을 추가로 얹어 준 것이다.

이것은 미르의 센스 넘치는 플레이였다.

"오, 레미르 누나, 굳!"

"이 정돈 기본이지!"

레미르는 화염법사다.

화염법사라고해서 빙계 마법을 사용할 수 없는 것은 아니지만, 위력이 현저히 떨어지기 때문에 거의 사용하지 않는다.

공격계수뿐 아니라 빙결이나 동상 같은 부가 효과의 계수 또한 빙계 마법사의 절반 수준도 되지 않는 것이다.

방금 레미르가 사용한 빙계 마법인, 브로드 프리징Broad Freezing 또한 마찬가지다.

빙계 마법사가 사용했더라면 최대 45퍼센트의 이동속도 감소 효과를 줄 수 있는 이 마법이, 레미르가 발동시키니 20퍼센트도 채 되지 않는 계수로 적용된 것.

그래서 일반적으로 마법사들은 다른 속성의 마법을 아예 익히지 않는다.

효율이 나오지 않기 때문이다.

하지만 지금의 상황에서는 달랐다.

같은 둔화 효과라 하더라도 어둠 속성의 둔화 효과 위에는 중첩하여 둔화를 걸 수 있고, 프로드 프리징과 다크스웜프의 둔화 효과가 합쳐지자 거의 80퍼센트에 가까운 둔화 상태가 되어 버린 것이다.

애초에 움직임이 느린 스켈레톤들의 경우 아예 움직일 수 없을 정도로 발이 묶였다.

그 위에, 카르세우스의 브레스가 쏟아져 내려왔다.

콰아아아아ー!

카르세우스의 입에서 뿜어져 나온 보랏빛의 기류가 폭풍처럼 언데드들을 쓸고 지나갔다.

그리고 그 위력은 어마어마했다.

다크스웜프의 마법 저항력 감소 효과 때문인지, 400레벨대인 언데드들 대부분의 생명력이 순식간에 절반 이하로 떨어져 내린 것이다.

하지만 후방에 있는 흑마법사들의 지원을 받는다면, 떨어진 언데드들의 생명력은 금세 다시 차오를 것이다.

당연한 얘기겠지만, 이안은 그것을 그대로 두고 볼 생각이 없었다.

"뿍뿍아, 브레스!"

카르세우스보다야 약하지만, 그렇다고 해서 결코 위력이 떨어지지는 않는 게 뿍뿍이의 브레스다.

어느새 본체로 현신한 뿍뿍이가 전방을 향해 입을 쩍 벌리고 있었다.

콰쾅– 콰아아아–!

이쯤 되자 스켈레톤이나 레이스와 같은 하급 언데드들은 모조리 전멸했다.

"키에에엑–!"

"케켁, 너무 아프다!"

이제 전방에 남아 있는 적들은 소수의 데스나이트들과 골렘들뿐.

그들을 살리기 위해, 후방에 있던 어둠법사들이 마법 캐스팅을 시작했다.

"어둠의 힘이여, 망자의 영혼을 치유하라!"

하지만 마법사들은 캐스팅을 끝까지 이어 가지 못했다.

슈슈슉–!

뮤란의 거대한 세 자루 대검이 어둠법사들을 향해 빠르게 쇄도했기 때문이었다.

쐐애액–!

허공을 찢어 버리기라도 할 듯, 대검들은 엄청난 파공음을 뿜어내며 쇄도했다.

어둠법사들은 결코 그것을 막아 낼 수 없었다.

엄호해 줄 병력도 없는 상황에서 극강의 공격력을 자랑하는 뮤란의 검을, 마법사들이 버텨 낼 수 있을 리 만무했기 때문이었다.

대검에 심장이 뚫린 마법사들이 절규하며 바닥에 주저앉았다.

"라카메르 님이 용서치 않을 것이다!"

"망자들의 군주, 샬리언 님께 영광을!"

그것으로, 상황은 종료되었다.

후방지원이 없는 상황에서 생명력이 반토막난 너댓 기 정도의 데스나이트는, 이안의 밥이나 다름없었으니 말이다.

−'데스 나이트'를 성공적으로 처치하셨습니다!

−경험치를 13,089,209만큼 획득합니다!

그리고 이안들의 눈앞에, 새로운 시스템 메시지가 떠올랐다.

띠링−!

−첫 번째 웨이브를 돌파하는 데 성공하셨습니다.

−돌파 등급 : SSS

−첫 번째 구간을 통과하였으므로, A섹터의 죄수들이 풀려납니다.

−높은 돌파 등급을 획득하였으므로, 10만만큼의 명성을 획득합니다.

−리치 메이지 라카메르가 분노합니다.

−잠시 후, 두 번째 몬스터 웨이브가 시작됩니다.

멀찍이 자욱하던 어둠의 연기가 걷혀 나가고, 새로운 언데드들이 모습을 드러냈다.

첫 번째 웨이브와 그 숫자는 비슷했지만, 한눈에 보아도 훨씬 상향된 몬스터들의 등급.

이안은 긴장한 표정으로 창대를 고쳐 잡았고, 다른 파티원들 또한 마찬가지였다.

이번에는 광역기로 한 번에 쓸어내는 전략이 쉽게 통하지 않을 것 같았기 때문이었다.

그런데 그때, 이안의 귓전으로 익숙한 목소리가 들렸다.

"오랜만에 뵙습니다, 이안 대공."

'이안 대공'이라는 단어.

이안에게 이 단어는, 이제는 벌써 들은 지 제법 오래된 호칭이었다.

그리고 지금의 상황에서, 무척이나 반가운 호칭이기도 했다.

'헬라임……?'

이안은 반가운 표정으로 목소리가 들려온 방향을 향해 고개를 돌렸고, 살짝 아쉬운 표정이 될 수밖에 없었다.

목소리의 주인공은 헬라임이 아니었기 때문이다.

하지만 아쉬움도 잠시, 곧 이안의 표정은 밝아졌다.

"대공을 뵙습니다!"

"충! 대공을 뵙나이다!"

뇌옥에 갇혀 있던 수많은 황실기사단이 양옆에서 쏟아져 나온 것이다.

그들 중 헬라임은 없었지만, 그렇다 하더라도 이 정도 전력이면 충분히 힘이 될 수 있는 수준이었다.

'와, 시간이 지나서 그런가? 황실기사단 레벨들이 왜 이래?'

이안은 적잖이 놀란 표정이 되었다.

새로 나타난 열다섯 명 정도의 황실기사들 레벨이 전부 450에 육박했기 때문이었다.

황실기사단의 레벨이 450이라는 말은, 헬라임은 500레벨에 근접했을 것이라는 뜻이기도 했다.

이안은 새로 등장한 황실기사들을 통제하여 진영을 다시 구축하였다.

"로페른, 좌측으로 움직여! 레가스, 넌 거기 있고!"

"명을 받듭니다!"

그리고 이러한 전개는 오직 이안이기에 가능한 것이었다.

아무리 명성이 높다고 하여도 다른 랭커였다면, 황실기사단을 통제하는 게 불가능했을 터였다.

황실기사단의 자존심은 무척이나 강했고, 쉽게 누군가의 명령을 듣지 않는다.

하지만 이안이라면 다르다.

이미 일전에 제국 전쟁때부터, 이안의 명령을 듣는 것에 익숙해져 있기 때문이었다.

게다가 이안은, 과거 루스펠 제국에서 황제를 제외하고는 가장 높은 직책을 가진 귀족이었다.

헬라임이 없는 지금, 이들이 이안의 명령을 듣지 않을 이유는 어디에도 없는 것이다.

　2차 몬스터 웨이브가 밀려들기 전 완벽하게 진형을 갖춘 이안의 파티.

　그런데 그때, 언데드 진영의 뒤쪽에서 카랑카랑한 목소리가 울려 퍼졌다.

　"가소로운 녀석들, 모조리 나의 노예로 만들어 주마!"

　"……!"

　고막이 찢어질 듯 울려 퍼지는 커다란 소리에, 이안 일행의 시선이 일제히 소리가 난 방향으로 움직였다.

　그리고 그곳에는, 무려 475레벨이나 되는 어두운 그림자들이 나타나 있었다.

　"저게 뭐지?"

　레벨 말고는 모든 정보가 물음표로 표시되어 있는, 의문의 네임드 몬스터들이 등장하기 시작한 것이다.

　당황한 이안의 중얼거림에, 옆에 있던 황실기사 하나가 비장한 목소리로 대답했다.

　"리치 메이지들입니다, 대공."

　"리치 메이지……들……이라고?"

　"그렇습니다. 저들이 라카메르의 측근들입니다."

　"헐…….."

　애초에 '리치'라는 존재는, 언데드 중에서도 최상위 티어에 속하는 존재라 할 수 있었다.

몬스터로 치면 '드래곤'과 같은 선상에 있는 수준인 것이다.

그런데 그런 존재가 무려 셋이나 등장했다.

아무리 '황실기사단'이라는 든든한 지원군들이 돕는다 하여도, 쉽지 않은 싸움이 될 게 분명했다.

이안의 머리가 빠르게 회전하기 시작했다.

'이건 한 방 싸움이다. 최대한 각을 정확히 재고 한 번에 우세를 점해야 돼.'

적들이 전부 언데드인 지금, 이안에게는 아주 강력한 패가 두 개 있었다.

그중 하나는 바로 카카의 광역 스킬이다.

'꿈꾸는 악마' 스킬을 사용한다면, 이 스킬이 유지되는 시간 동안만큼은 압도적인 우세를 점할 수 있는 것이다.

꿈꾸는 악마가 발동되면, 모든 어둠 피해를 절반으로 줄여 주는 '어둠 지배'효과 범위 내 모든 적들에게 적용된다.

그리고 어둠 지배가 지속되는 10분이라는 시간 동안, 최대한 공격적으로 파티를 운용하여 리치들을 우선으로 제거해야 하는 것이다.

여기에 두 번째 패인 '드라고닉 베리어'.

이안은 엘카릭스의 고유 능력인 드라고닉 베리어와 카카의 고유 능력인 꿈꾸는 악마를 조합하여 활용할 생각이었다.

'어둠 지배 지속 시간 엘이의 드라고닉 베리어를 켜면, 그

동안은 거의 무적이라고 봐도 되겠지.'

드라고닉 베리어의 방어력 계수는 어마어마하다.

때문에 따로 피해 감소가 중첩되지 않더라도, 베리어의 내구도를 전부 깎아 내려면 적지 않은 시간이 필요하다.

한데 여기에 어둠 피해 50퍼센트 감소까지 가미된다면, 그동안은 무적 실드나 다름없다고 봐도 무방한 것이다.

밀려드는 어둠의 군단을 응시하며, 이안이 엘카릭스의 머리를 가볍게 쓰다듬었다.

"잘 부탁한다, 엘."

이안의 손길을 느낀 엘카릭스가 휙 고개를 돌려 이안을 응시했다.

그리고 한쪽 눈을 찡긋했다.

"물론이죠, 아빠. 이 엘이만 믿으시라구요."

한가로운 일요일 오후.

주말임에도 불구하고, 세미는 학교로 향하고 있었다.

등에는 노트북이 들어 있는 묵직한 가방도 메어져 있었으며, 스마트폰으로는 계속 뭔가를 하고 있었다.

전형적인 등교하는 대학생의 모습.

연신 스마트폰을 두들기는 세미는, 누군가에게 메시지를

보내고 있는 듯했다.

　-다들 어디쯤 왔어?
　-난 지금 과실 도착.
　-난 3분 남았음!
　-나도 3분!
　-난 아까부터 와 있었다고.

　세미가 메시지를 보낸 곳은, 과 친구들끼리 만들어 놓은 단체 메신저 룸.
　연이어 올라오는 학우들의 메시지를 본 세미가 고개를 절레절레 흔들었다.
　"어휴. 팀플할 때도 이렇게 빨리 좀 모이지……. 이럴 때만 시간 약속 칼같이 지킨단 말이야."
　또각또각.
　학교로 향하는 세미의 걸음이 더욱 빨라졌다.
　그리고 잠시 후, 가상현실과 건물의 후문에 도착한 세미는 누군가를 기다리는지 잠시 멈춰 서 두리번거렸다.
　"언니는 어디쯤 왔으려나……."
　기다리는 '언니'라는 사람에게 전화하기 위함인지 세미는 다시 스마트폰을 꺼내 들었다.
　그런데 그때, 기다렸던 목소리가 세미의 뒤쪽에서 들려

왔다.

"세미, 오랜만이네!"

그리고 그녀의 얼굴을 확인한 세미는, 스마트폰을 다시 주머니에 집어넣고는 밝게 웃으며 인사했다.

"소진 언니, 오랜만이에요!"

오늘 세미와 친구들이 학교에 모인 것은 다른 이유가 아니었다.

그들은 로터스 길드의 영상 편집 담당인, 업로더 '소진'을 만나기 위해 온 것이다.

"고마워, 세미야. 주말에 날 위해서 학교까지 나와 주고."

"아니에요, 언니. 이안느님의 신상 영상을 미리 볼 수 있다는데, 이 정도야 수고도 아니죠."

지난 밤, 소진의 사무실이 있는 건물에 화재가 발생했다.

다행히 사무실은 비어 있어서 인명 피해는 없었지만, 장비가 홀라당 다 타 버린 것이다.

컴퓨터에 들어 있는 자료들도 전부 웹상에 업로드가 되어 있었기에 문제는 없었지만, 당장에 작업해야 할 공간이 없는 것이 가장 큰 문제였다.

동네에 있는 PC방도 생각해 보지 않은 것은 아니다.

하지만 PC방에서 작업하기에는 조금 무리가 있었다.

영상미를 최대한 살려 내려면 최고의 퀄리티로 작업을 해야 하는데, 그러기 위해선 고사양의 PC들이 필요했기 때문이었다.

하여 소진이 생각해 낸 것이, 가상현실과에 있는 컴퓨터실이었다.

한국대학교의 명성에 걸맞게, 고사양의 컴퓨터들이 설치되어 있는 가상현실과의 컴퓨터실이라면, 아쉬운 대로 작업이 가능할 것 같았던 것이다.

소진은 유현에게 연락하여 도움을 요청했고, 전쟁을 치르느라 바쁜 유현 대신에 과대인 세미가 그녀를 도와주기로 했다.

세미가 과 사무실에 허락을 받고, 일요일 하루 컴퓨터실을 개방하기로 한 것이다.

소진은 유현과 진성을 만나기 위해 가상현실과에 자주 들락거렸고, 때문에 과의 다른 학생들과도 안면이 있었기에 문제는 없었다.

이것이 주말에 세미가 등교한 사건(?)의 전말이었다.

위이잉–!

컴퓨터들을 켜 작업물들을 세팅하며, 소진이 빙긋 웃었다.

"얘들아, 고마워. 있다가 이 언니가 맛있는 거 쏠게."

"오우, 신난다!"

"언니, 난 피자가 좋아요."

"아냐, 난 치킨."

소진이 피식 웃으며 덧붙였다.

"그럼 치킨 피자 둘 다 시키지 뭐."

"크, 역시! 소진 누나 클라스!"

신이 나서 시끌벅적 떠들던 가상현실과의 학생들은, 곧 각자 자리를 잡고 앉아 조용히 스크린을 응시했다.

세팅이 전부 끝나자, 스크린에서 이안의 영상이 나오기 시작한 것이다.

화면을 본 소진이 작은 목소리로 투덜거렸다.

"으, 벌써 전투가 많이 진행됐네. 부지런들도 하군."

프로그램 세팅을 마친 소진은 PC를 이용해 카일란에 접속을 시도하였다.

이안의 영상을 촬영하기 위해 '수정구'에 접속하는 것이다.

단순히 영상 촬영을 위해 수정구에 접속하는 것은 캡슐이 없어도 가능했다.

"오, 황실기사단이다!"

"오오, 정말이네! 저거 루스펠 제국 문양 아니야?"

"맞아. 뇌옥에서 구출했나 봐!"

신이 나서 떠드는 가상현실과의 학생들.

그리고 잠시 후, 이안의 주변에 세 개의 수정구가 두둥실 떠올랐다.

"빡빡이, 귀룡의 포효!"

캬아오오오-!

이안의 명령이 떨어지자마자, 빡빡이의 입이 쩍 벌어지며 커다란 포효가 뿜어져 나왔다.

'도발'과 '둔화'효과가 있는 빡빡이의 광역 CC기가 발동한 것이다.

쿵- 쿵-!

그러자 순간적으로 어마어마한 물량의 투사체들이 빡빡이를 향해 쏟아져 들어왔다.

그리고 그것을 본 훈이가 걱정스런 표정으로 이안에게 물었다.

"형, 빡빡이 무적 스킬 쿨 아직 안 돌아오지 않았어?"

"걱정 말고 캐스팅이나 계속해."

"아, 알겠어."

전부가 400레벨이 넘는 수많은 언데드 몬스터들의 집중 공격.

아무리 생명력이 수백만인 빡빡이라 하더라도, 이 모든 공격이 집중된다면 순식간에 생명력이 바닥날 수밖에 없다.

-소환수 '빡빡이'의 생명력이 279,809만큼 감소합니다.

-소환수 '빡빡이'의 생명력이 498,109만큼 감소합니다.

물론 레비아가 집중적으로 힐을 넣어 주고는 있지만, 그럼에도 불구하고 빡빡이의 생명력 게이지는 순식간에 절반 이하로 떨어졌다.

차올랐다 내려갔다를 반복하며 큰 폭으로 출렁이는 빡빡이의 생명력 게이지.

그리고 빡빡이의 생명력이 3분의 1까지 떨어졌을 때, 이안이 유신을 향해 신호를 보냈다.

"유신, 준비됐지?"

"오케이!"

이안의 말을 듣자마자 양팔을 교차시킨 유신이 빡빡이를 향해 힘차게 뻗었다.

"전사의 투혼!"

이어서 빡빡이의 머리 위에 황금빛의 방패 모양이 번쩍이며 떠올랐다.

후우웅-!

-파티원 '유신'이 소환수 '빡빡이'에게 '전사의 투혼' 스킬을 사용하였습니다.

-소환수 '빡빡이'에게 1분 동안 누적된 피해의 30퍼센트만큼을 일시에 회복합니다.

-소환수 '빡빡이'로부터 강력한 전사의 힘이 뿜어져 나옵니다.

-주변의 모든 적들에게 소환수 '빡빡이'가 회복한 생명력만큼의 피해(3,679,809)를 돌려줍니다.

쾅쾅- 쾅쾅쾅-!

거대한 폭발음이 울려 퍼졌다.

이어서 빡빡이를 중심으로 강력한 황금빛의 파동이 퍼져 나갔다.

콰콰콰─!

유신이 가진 무도가 클래스의 스킬 중 최고 티어의 스킬인 '전사의 투혼'.

깔끔한 타이밍에 전사의 투혼이 발동되었고, 금방이라도 사망할 것만 같았던 빡빡이의 생명력은 다시 100퍼센트까지 차올랐다.

300만에 육박하는 광역 피해량은 덤이었다.

"크아악!"

"뒤로 물러서!"

물론 300만이라는 피해가 고스란히 들어가지는 않는다.

공격받는 대상의 방어력에 따라, 제각각 다른 피해가 들어가는 것이다.

하지만 그렇다고 하여도, 방어력이 약한 스켈레톤 아처들의 경우에는 버텨 낼 수 없는 대미지였다.

─'스켈레톤 워리어'를 성공적으로 처치하셨습니다!

─'스켈레톤 아처'를 성공적으로 처치하셨습니다!

생각지 못했던 광역 피해에 당황했는지, 언데드들은 한 발 뒤쪽으로 물러났다.

하지만 깎여 나갔던 언데드들의 생명력은 금방 다시 회복되었다.

리치 메이지들의 회복 스킬들이 워낙에 탁월한 계수를 가지고 있었기 때문이었다.

완벽한 타이밍에 발동되었음에도 불구하고, 생각보다 많은 피해를 입히지 못한 전사의 투혼.

그런데 어쩐 일인지 이안의 입가에는 미소가 걸려 있었다.

'좋아, 제대로 걸렸어……!'

이안의 두 눈이 반짝였다.

그 시선이 머문 곳에는, 언데드들의 뒷모습이 담겨 있었다.

그리고 그보다 조금 뒤쪽에는, 언제 움직였는지 카카가 허공에 떠 있었다.

포롱포롱 날갯짓하며 언데드들을 내려다보는 카카.

카카와 눈이 마주친 이안이 손을 번쩍 하고 들어올렸다.

"우와아!"

"크으, 대박이다."

"헐, 나 전사의 투혼 발동되는 거 처음 봤어!"

"너만 처음이야? 나도 처음이야. 저거 무도가 클래스 350레벨인가 돼야 배울 수 있는 스킬이라던데……. 우리가 볼 일이 있겠냐? 350레벨은 고사하고 무도가 자체도 엄청 희귀한 히든 클래스인데."

"하긴……. 350레벨 넘은 무도가가 서버에 세 명이 넘지 않을 테니까."

컴퓨터실의 앞쪽에 있는 대형 스크린.

그리고 그 커다란 화면을 가득 채우는 '전사의 투혼' 스킬의 황금빛 광채.

이안의 전투 영상을 라이브로 구경 중인 가상현실과 학생들은 신이 나서 시끌벅적 떠들어 대었다.

"이야, 그나저나 소진 누나 수정구 컨트롤 진짜 잘하시네요. 역동감 장난 아니다."

"그러게. 괜히 진성 선배 전속 에디터가 아니었어."

쉴 새 없는 장면 전환과 깔끔한 화면 이동에 감탄한 학생들이 침을 튀기며 소진을 칭찬했다.

하지만 아무 소리도 들리지 않는지, 소진은 땀방울까지 송글송글 맺혀 가며 컴퓨터 모니터에 집중하고 있었다.

그녀의 마우스는 마치 프로게이머의 그것처럼 쉴 새 없이 움직이고 있었다.

'후우, 진짜 이것도 생 노가다라니까…….'

애초에 수정구를 컨트롤하며 영상을 촬영하는 작업 자체가, 생각보다 어려운 일이었다.

최근에는 유저의 개인 영상을 전문적으로 촬영해 주는 업체까지 생겨나고 있을 정도였다.

물론 그냥 멀찍이 띄워 놓고 촬영만 하는 정도는 누구나

할 수 있는 것이었지만, 소진처럼 여러 개의 수정구를 띄워 놓고 쉴 새 없이 하나하나 움직여 주는 것이 어렵다는 이야기였다.

게다가 그 대상이 이안임에야 오죽할까.

이안이 전투하는 장면을 영상으로 담을 때면, 고민되는 부분이 한두 가지가 아니었다.

워낙 신출귀몰한 데다 예측 불가능한 전개를 많이 만들어 내다 보니, 포커싱을 잡기 애매한 경우가 많았기 때문이다.

그리고 지금의 상황도 마찬가지였다.

'어, 뭐지? 전사의 투혼 발동되면 바로 광역 스킬 연계할 생각 아니었나?'

매일같이 이안의 영상을 편집하다 보니, 소진 또한 상당한 카일란 지식을 갖게 되었다.

무도가 클래스의 가장 유명한 스킬 중 하나인 전사의 투혼은, 그녀가 모를 수 없는 것이다.

더해서 이안의 영상을 완벽히 담아 내려면, 게임에 대한 이해도도 필수였다.

때문에 소진은 어지간한 해설자들과 맞먹을 정도로 뛰어난 게임 이해도를 가지고 있었다.

그런데 지금의 상황은 그런 그녀로서도 쉬이 이해되지 않는 모습이었다.

'타이밍 제대로 잡은 것 같았는데, 왜 물러나게 그냥 두는

거야?'

연달아 광역기가 터지며 언데드들이 몰살당할 것을 예상했던 소진은, 수정구를 허공으로 높이 띄워 놓은 상태였다.

광역 스킬들로 한 번에 적들을 몰살시키는 시원한 장면을 화면 한가득 담기 위해서였다.

하지만 전사의 투혼에 피해를 입은 언데드들은 추가 광역 공격을 피하기 위해 썰물처럼 후방으로 빠져나가고 있었고, 소진의 예측은 완벽히 빗나갔다.

'뭐지? 뭘 하려는 거야 또?'

소진의 동공이 빠르게 화면을 훑는다.

다음에 일어날 장면을 예측해 내야만 최고의 영상을 담아낼 수 있기 때문이었다.

그런데 바로 그때, 컴퓨터실의 커다란 스피커에서 익숙한 대사가 흘러나왔다.

—어둠이…… 내려앉는다.

히든 클래스를 포함한 모든 흑마법사들이 300레벨이 되면 배우는 최상위 스킬이 있다.

이름 하여 애니메이트 데드Animate Dead.

물론 훈이처럼 상위 티어의 히든 클래스 흑마법사라면 조금 더 빠른 레벨에 배우기도 하지만, 대부분의 흑마법사들은 300레벨에 애니메이트 데드 스킬을 습득한다.

그리고 이 스킬은 '흑마법사'라는 직업군을 300레벨 전후로 나눠 버릴 만큼 특별한 스킬이었다.

적아를 가리지 않고 쓰러진 모든 유닛들을 되살려, 불리하던 전황을 한 번에 역전시킬 수 있는 스킬이었으니 말이다.

특히 지금처럼 대규모의 몬스터들이 밀집되어 있을 때는 더욱 강력한 위력을 발휘할 수밖에 없다.

10초 이내에 사망한 모든 이들에게 생기를 불어넣어 언데드화시켜 버리는 애니메이트 데드.

이 스킬은 광역기의 카운터로 가장 잘 알려져 있는 스킬인 것이다.

'한 번에 전부 쓸어 버리려면……. 브레스부터 시작해서 남아 있는 모든 광역기를 남김없이 퍼부어야 하겠지. 그리고 스킬이 다 빠진 상황에서 애니메이트 데드라도 터지면…….'

아군의 고위 스킬은 전부 빠졌는데 적들의 숫자는 그대로라면, 그만큼 난감한 일도 없는 것이다.

그야말로 곤혹스럽기 그지없는 상황이 시작되는 것이다.

그런데 애니메이트 데드에 대해 잘 모르는 유저라면, 이렇게 생각할지도 모른다.

'훈이가 먼저 애니메이트 데드를 발동시켜서 시체들을 선

점하면 되는 거 아냐?'

하지만 그것은 말처럼 쉬운 일이 아니다.

애니메이트 데드는 고위 흑마법인 만큼 캐스팅 시간이 긴 편에 속했고, 마법의 캐스팅 시간은 레벨이 높아질수록 줄어들기 때문이었다.

상대인 리치메이지들은 아직 400레벨이 되지 않는 훈이에 비해 거의 100 가까이 높은 레벨을 가지고 있었고, 이 차이는 컨트롤로 극복할 수 있는 수준의 것이 아니었으니까.

어지간한 피해는 금세 회복시키고, 그렇다고 한 번에 스킬을 퍼 부어서 쓸어 버리면 죄다 살려 내는 괴랄한 네임드 몬스터 리치 메이지.

그래서 이 전투에 이기려면, 필연적으로 리치메이지들을 먼저 제거해야만 했다.

그렇지 않고서는 승산이 없다는 게 이안의 판단이었다.

"레비아 님, 엘카릭스한테 빛의 수호 좀 걸어 주세요!"

이안의 오더에 레비아가 곧바로 마법을 캐스팅했다.

어떤 이유에서 내리는 오더인지는 짐작이 되지 않았지만, 궁금증은 나중 문제였다.

"알겠어요!"

위이잉-!

이어서 이안의 앞쪽에 서 있던 엘카릭스의 주변으로 하얀 빛줄기가 빨려 들어갔다.

－파티원 '레비아'가 소환수 '엘카릭스'에게 '빛의 수호' 스킬을 사용하였습니다.

－소환수 '엘카릭스'의 방어력이 60초 동안 78퍼센트만큼 증가합니다.

사실 빛의 수호는, 사제 클래스가 100레벨 이전에도 배울 수 있는 낮은 티어의 버프 스킬이었다.

계수는 무척 높은 편이었으나 지속 시간이 1분 정도밖에 되지 않는 데다 단일 대상에게만 적용되는 버프였기 때문에, 활용도가 낮은 스킬인 것이다.

하지만 지금의 상황에서 빛의 수호 스킬은 그야말로 최고의 선택이라 할 수 있었다.

이제 곧 사용할 드라고닉 베리어의 방어력이 엘카릭스의 방어력에 비례하여 높아지기 때문이었다.

엘카릭스에게 걸린 방어력 버프가 베리어로 전이되어, 모든 파티원들에게 이어지게 되는 것.

게다가 두 스킬이 조합되는 순간, 빛의 수호 스킬의 짧은 지속 시간도 완벽하게 커버되게 된다.

엘카릭스가 스킬을 발동시키는 그 '순간'의 방어력이 드라고닉 베리어의 방어력에 영향을 미치는 것이기 때문에, 버프의 지속 시간도 전혀 상관이 없는 것이다.

단일 방어력 버프인 '빛의 수호'가 이안의 놀라운 스킬응용 능력으로 인해 광역 버프로 탈바꿈되어 버렸다.

이안의 오더가 다시 이어졌다.

"레비아 님, 이제 공격 스킬 캐스팅 준비하세요!"

또다시 이어지는 이해하기 힘든 오더에, 이번에는 레비아
도 살짝 당황한 표정으로 반문했다.

"네? 그럼 힐은요?"

"앞으로 10분 동안은, 힐 하실 필요 없을 겁니다."

"⋯⋯?"

떨떠름한 표정으로 고개를 끄덕이는 레비아였다.

그리고 이안의 말이 끝나자마자, 던전 전체에 카카의 목소
리가 낮게 울려 퍼졌다.

-어둠이⋯⋯ 내려앉는다.

고오오오-!

시커먼 기류가 스멀스멀 피어올라 전장을 잠식했다.

이어서 파티원들의 눈앞에 시스템 메시지가 떠올랐다.

띠링-!

-파티원 '이안'의 노예, '카카'의 '꿈꾸는 악마' 고유 능력이 발동되었
습니다.

-'어둠의 지배'가 지속되는 동안, 모든 파티원의 공격력이 5퍼센트만
큼 상승하게 되며, 모든 어둠 속성 피해가 50퍼센트만큼 감소하게 됩니
다. 또한 반경 안의 모든 은신 상태의 적이 시야에 드러나게 됩니다.

동시에 이안의 목소리가 다시 한 번 울려 퍼졌다.

"카르세우스, 뿍뿍이, 퇴로 차단해!"

"알겠다, 주인."

"알겠뿍."

"나머지는 전부 리치 메이지만 극딜하고!"

레비아가 이안의 오더를 한차례 더 확인했다.

"정말 저도 딜 포지션으로 바꿔요?"

그리고 이안은 지체 없이 고개를 끄덕였다.

"네, 극딜 부탁합니다, 레비아 님."

레비아가 씨익 웃으며 고개를 끄덕였다.

"좋아요. 오랜만에 공격 마법 써 보겠네요."

쐐애액─!

레비아의 등에 돋아난 새하얀 날개가 펄럭이며, 그녀의 신형이 순식간에 허공으로 솟아올랐다.

다른 파티원들도 마찬가지였다.

이안의 오더가 떨어지기 무섭게 리치메이지를 공략하기 위해 전장 한복판으로 뛰어든 것이다.

그리고 리치메이지가 있는 곳까지 접근하는 것은 어렵지 않았다.

전방을 가득 메우고 있던 언데드들이 후방으로 빠져나갔기에 리치메이지들의 앞이 텅텅 비어 버린 것이다.

뒤늦게 상황을 파악한 리치메이지들이 노성을 터뜨렸다.

"어설픈 잔꾀를 부리는구나!"

"한심한 인간들이군."

"네놈들이 우리를 당해 낼 수 있다고 보는 것이냐!"

쿠오오오-!

리치메이지들이 손을 번쩍 들어 완드를 휘둘렀다.

그러자 어둠의 구체가 이안 일행을 향해 빠르게 쇄도했다.

그리고 그와 동시에, 뒤로 물러났던 언데드들이 다시 이안 일행을 덮쳐 왔다.

겉으로 보기에는 진퇴양난처럼 보이는, 난감하기 그지없는 상황이었다.

하지만 이안은 당황하지 않았다.

당연한 이야기겠지만, 여기까지도 예측 범위 안이었기 때문이다.

이안의 커다란 목소리가 던전에 쩌렁쩌렁 울려 퍼졌다.

"엘, 드라고닉 베리어!"

"알겠어요!"

이어서 모든 파티원들의 주변에 새하얀 보호막이 생성되었다.

그것은 그야말로 미친 방어력을 가진, 무적에 가까운 보호막이었다.

"와······."

소진의 입에서 짧은 감탄사가 흘러나왔다.

컨트롤하던 수정구는 그대로 허공에 높이 떠올라 있는 상황.

하지만 잠시 동안은 더 이상 힘들게 수정구를 컨트롤할 필요가 없을 것 같았다.

전장 전체가 내려다보이는 이 장면 그대로가, 지금의 상황에 가장 완벽한 세팅이었으니 말이다.

'드라고닉 베리어랑 어둠 지배를 같이 활용할 생각을 하다니…….'

일반 유저들이 보기엔 이안 파티의 판단 미스로밖에 보일 수 없는 상황이었다.

카카의 '꿈꾸는 악마' 스킬에 붙어 있는 어둠 지배 효과야 이미 많이 알려져 있었지만, 드라고닉 베리어에 대한 정보를 아는 유저는 거의 없었기 때문이었다.

그러다 보니 지금 보이는 전장의 형국은, 이안 파티가 자살기도를 하는 모습으로밖에 비춰지지 않았다.

역시나 소진을 제외한 다른 시청자들은 당황한 목소리로 탄성을 터뜨렸다.

"뭐지? 잘 싸우다가 갑자기 왜 저러는 거야?"

"으……. 진성 선배도 이럴 때가 있구나."

"그러게. 아무리 컨이 좋아도 저렇게 뿔뿔이 흩어져서 언데드들 사이에 묻히면 방법이 없을 텐데……."

"글쎄. 일단 지켜보자. 진성 선배가 언제 실수하는 거 봤어?"

"그래도 이건 좀……."

하지만 그 탄성에 담겨 있던 '안타까움'들이 '의아함'으로 바뀌는 데는 그리 오랜 시간이 걸리지 않았다.

리치 메이지들을 향해 뛰어든 이안의 파티원들이 쏟아지는 공격을 그냥 맞아 주는 데도 불구하고 실드의 내구력이 닳지 않았기 때문이었다.

심지어 그들은 아예 방어를 도외시한 채 공격에 올인하고 있었다.

"우, 우와. 저거 뭐야?"

"미쳤다. 저 실드 대체 뭐지? 어떻게 저렇게 쳐 맞는데 내구력이 안 깎여?"

그 와중에 시동어를 들은 세미가 침을 꿀꺽 삼키며 입을 열었다.

"드라고닉 베리어라고 하는 것 같던데. 엘카릭스의 고유 능력인 것 같아."

"헐……. 저거 완전 사기 아냐? 이거 완전 벨붕인데?"

"글쎄. 뭔가 있겠지. 지금까지 카일란에서 벨붕 스킬을 내놨던 적은 없었잖아."

"하긴. 처음 나올 땐 벨붕이라고 말 많았다가도 나중 되면 희한하게 다 밸런스가 맞아떨어졌지."

이 안에서 유일하게 정확한 상황을 판단하고 있는 소진은 입을 꾹 다문 채 다시 마우스를 잡았다.

아무것도 모르는 어린양들에게 해 주고 싶은 말이야 끝도 없이 많았지만, 지금은 그럴 시간이 없었다.

핀의 등에 올라탄 이안이 어느새 허공을 날고 있었고, 리치메이지를 향해 뛰어들기 일보 직전이었으니 말이다.

이제 다시 수정구를 컨트롤하여 이안의 전투 장면을 근접 촬영해야 할 때였다.

'미친 방어력에 대미지 감소까지 중첩되니……. 진짜 모르는 사람이 보면 광역 무적인줄 알겠어.'

소진은 영상을 보며 오랜만에 설레기 시작했다.

방어를 도외시한 이안의 무차별 공격이 무척이나 기대되기 때문이었다.

그동안 이안의 피나는 노력으로 엘카릭스의 레벨은 비약적으로 상승한 상태였다.

드라고닉 베리어를 발동시킨 이 순간, 엘카릭스의 레벨은 무려 325나 되었다.

물론 400레벨을 목전에 둔 이안에 비해서는 아직 한참 부족한 레벨이지만 말이다.

'빛의 수호 스킬의 방어력 버프 계수가 78퍼센트였으니까……'

현재 엘카릭스의 방어력은 8천에 육박한다.

거기에 78퍼센트의 추가 효과를 받았으니, 1만4천이 넘는 다는 이야기다.

게다가 드라고닉 베리어의 방어력 계수는 엘카릭스 방어력의 쉰 배라는 괴랄한 계수를 자랑하니, 산술적으로 70만에 달하는 방어력을 갖게 되는 것이다.

이에 반해 리치 메이지들의 공격력은 아무리 높아 봐야 2만 정도다.

물론 리치메이지들의 공격 스킬에도 수십 배에 달하는 공격계수가 달려 있기는 하겠지만, 그것은 별로 의미가 없었다.

카일란의 대미지 산출 공식은 공격자와 피격자의 공격력과 방어력 비율을 우선적으로 계산하기 때문이다.

쉽게 말해, 아무리 계수가 높은 스킬을 사용한다고 해도 기본적으로 공격력이 낮으면 대미지가 나오지 않는다는 이야기다.

그 결과가 바로 이것이었다.

-'리치 메이지'가 고유 능력 '죽음의 손길'을 시전합니다.

-어둠 속성의 공격이므로, 피해량이 50퍼센트만큼 감소합니다.

-7만큼의 피해를 입었습니다!

-드라고닉 베리어의 내구도(4,112/4,217)가 7만큼 감소합니다.

-'스켈레톤 아처'의 공격에 치명적인 피해를 입었습니다!

-어둠 속성의 공격이므로, 피해량이 50퍼센트만큼 감소합니다.

-드라고닉 베리어의 내구도(4,111/4,217)가 1만큼 감소합니다.

죽음의 손길은, 흑마법사 클래스의 단일 공격 마법 중에서 최상위의 계수를 자랑하는 스킬이었다.

300레벨대의 흑마법사가 시전하는 죽음의 손길만 되어도, 많게는 70만까지 딜이 나오는 스킬인 것이다.

한데 드라고닉 베리어의 위에 시전되니, 7만도, 7천도 아닌 7의 피해밖에 들어오지 않았다.

리치 메이지들로서는 기가 찰 노릇이었다.

"이 요망한 드래곤이 이상한 마법을 쓰는구나!"

리치 메이지의 절규에, 엘카릭스가 손가락을 까딱이며 대꾸했다.

"히힛, 이상한 마법이라니, 그럴 리가. 이건 나의 강력한 권능일 뿐이라구."

옆에 있던 다른 리치메이지가 불만을 토로했다.

"이건…… 버그다! 버그가 분명해!"

그에 이안은 당황한 표정이 되었다.

NPC 혹은 몬스터 주제에, 버그라는 말을 쓰는 게 어이없었기 때문이었다.

"버그? 너 버그가 뭔지는 아냐?"

그런데 이어지는 리치메이지의 대답이 더욱 황당했다.

"네놈은 그것도 모르는가!"

"응……?"

"원래 내가 잘 모르는 강력한 마법을 버그라고 하는 거다!"

"…….'"

묘하게 가슴에 와 닿는, 탁월한 리치메이지의 통찰력.

"그런 건 어디서 배운 거야?"

"내 강력한 마법에 당한 인간들이 버그라고 그러더군."

"켁."

놀라운 학습 능력을 보여 주는 NPC의 AI에 감탄한 이안이, 헛웃음을 지으며 창을 내질렀다.

농담 따먹기도 재밌기는 했지만, 지금은 베리어가 풀리기 전에 리치 메이지들을 전부 제거하는 것이 가장 중요했다.

가랑비에 옷 젖는다고, 4천 정도 되는 베리어의 내구도는 지금도 깎여 나가고 있으니 말이다.

그리고 무적처럼 보이는 드라고닉 베리어에도 치명적인 약점은 존재했다.

0.1초 단위로 피해를 입히는 도트 공격 스킬에 집중적으로 당하면, 4천 정도밖에 되지 않는 내구도는 금세 사라질 테니 말이다.

다만 리치 메이지들이 이러한 약점에 대해 모르는 것이 다행이라 할 수 있었다.

'당장 나한테 베리어 벗겨 내라고 하면, 1분 정도면 싹 벗

겨 낼 자신이 있으니까.'

어쨌든 베리어를 두른 이안 파티의 폭주로, 리치 메이지들의 생명력은 순식간에 바닥까지 떨어졌다.

쾅− 콰쾅−!

방어나 회피에 대한 스트레스가 사라지는 것은 DPS에도 생각보다 큰 영향을 주었다.

힐러인 레비아의 DPS가 어지간한 딜러를 상회하는 수준이었으니 말이다.

그리고 잠시 후, 리치 메이지 중 하나의 생명력이 드디어 전부 소진되었다.

−파티원 '레미르'가 '리치 메이지'를 성공적으로 처치하였습니다!

−경험치를 37,982,014만큼 획득합니다!

−명성을 15만만큼 획득합니다!

"크으윽, 원통하다!"

새카만 연기와 함께 재가 되어 사라지는 리치메이지.

그러자 남은 두 녀석이 위기감을 느꼈는지 지금까지 보지 못한 새로운 마법을 발동시켰다.

"일루젼 워프Illusion Warp!"

이안을 비롯한 파티원들은 처음 듣는 시동어에 긴장하였고, 훈이는 두 눈을 반짝이고 있었다.

흑마법사인 훈이에게 450레벨대의 리치메이지가 쓰는 새로운 마법은, 차후 자신이 배울 수 있는 마법일 확률이 높았으니 말이다.

그리고 일루젼 워프가 발동되자, 장내에 수많은 그림자가
생성되었다.

쉬이익-!

'이게 뭐지?'

스킬 이름을 가지고 추론해 보아도, 쉽사리 어떤 마법인지
짐작되지 않는 일루젼 워프.

하지만 잠시 후, 이안 일행은 이 마법의 용도를 곧바로 알
수 있었다.

쉬잉- 쉬잉- 쉬이잉-!

파티에게 공격받고 있던 두 명의 리치 메이지들이 전장에
생성된 그림자의 위치에 연속적으로 순간이동을 하기 시작
한 것이다.

그림자의 위치가 정해져 있기는 하지만, 이것은 생각보다
까다로운 마법이었다.

어림잡아 3초에 한 번 정도는 캐스팅 없이 순간이동이 가
능한 것 같은데, 그 순간순간마다 포커싱이 흩어지기 때문이
었다.

특히 공격 사정거리가 짧은 유신이 짜증 섞인 어투로 투덜
거렸다.

"뭐 이런 거지 같은 스킬이 다 있어?"

이안 또한 창을 사용한다고는 하지만, 유신과 크게 다르지

않은 상황이었다.

하지만 메이지들의 생명력은 얼마 남지 않았고, 짜증날 뿐
이지 공략이 불가능한 것은 아니었다.

이안이 레미르에게 오더를 부탁했다.

"레미르 누나, 라이랑 할리한테 헤이스트 좀!"

"알겠어!"

이안의 소환수들 중 가장 민첩성이 빠른 두 마리의 소환수.

특히 할리의 경우 평타 패시브에 스턴이 묻기 때문에, 지
금의 상황에서 최고의 선택지라 할 수 있었다.

휘이잉-!

레미르의 손에서 마법이 캐스팅되자, 라이와 할리의 몸에
하얀 바람이 감긴다.

이안은 곧바로 할리의 등에 올라탔고, 라이에게 명령을 내
렸다.

"라이, 내가 타깃팅하는 녀석부터 조져!"

"크르륵! 알겠다, 주인!"

이어서 이안은, 두 소환수가 가지고 있는 모든 고유 능력
을 활성화시켰다.

먼저 아껴 두었던 라이의 고유 능력.

-소환수 '라이'의 고유 능력, '펜리르의 분노'를 발동시켰습니다.

-소환수 '라이'가 3분간 '분노' 상태가 됩니다.

-모든 전투 능력치가 50퍼센트 상승하며, 치명타 확률이 20퍼센트

상승합니다.

-공격이 상대에게 치명적인 피해를 입힐 때마다, '펜리르의 분노' 고유 능력의 재사용 대기 시간이 5초씩 줄어듭니다.

-소환수 '라이'의 고유 능력, '어둠 잠식'을 발동시켰습니다.

-소환수 '라이'가 3분간 '어둠 잠식' 상태가 됩니다.

-지속 시간 동안 모든 공격이 치명타로 적용되며, 모든 피해의 70퍼센트를 무효화시킵니다.

-어둠이 깔려 있으므로, 지속 시간 동안 모든 움직임이 50퍼센트만큼 빨라집니다.

늑대들의 제왕인 '소버린 펜리르'.

라이의 경우 고유 능력들을 발동시켰을 때와 그렇지 않을 때의 전투력이 배 이상은 차이난다.

시스템 메시지를 보면 알 수 있듯 자체 버프의 효과가 어마어마했기 때문이었다.

"크르릉, 크르르륵!"

게다가 지금 전장의 환경은 라이에게 최적화되어 있었다.

전설 등급의 소환수임에도 거의 신화 등급과 맞먹는 공격력을 가진 라이.

라이의 약점은 드래곤과 비교하면 종잇장이라고 할 수 있을 만한 약한 방어력과 생명력이었는데, 드래고닉 베리어 덕에 그 부분이 완벽히 커버된 것이다.

거기에 카카의 장판으로 인한 추가 버프 효과는 덤.

게다가 단일 대상을 공격하는 데에 특화되어 있는 라이의 특성상, 이 순간만큼은 어떤 소환수보다 강력한 딜을 뽑아낼 수 있었다.

"아우우!"

하울링을 하며 번개 같은 몸놀림으로 리치 메이지를 향해 달려드는 라이.

좌악ㅡ 좌라락ㅡ!

라이의 발톱이 사정없이 메이지의 가슴팍에 틀어박혔고, 리치 메이지의 생명력이 뭉텅이로 깎여 내려가기 시작했다.

ㅡ소환수 '라이'가 '리치 메이지'에게 치명적인 피해를 입혔습니다!

ㅡ'리치 메이지'의 생명력이 493,801만큼 감소합니다!

그리고 갑자기 들어오는 강력한 딜에 당황한 리치 메이지는 워프를 시도하였다.

"일루전 워……!"

하지만 그것에 대한 대비는 당연히 되어 있었다.

ㅡ소환수 '할리'의 고유 능력 '후려치기'가 발동하였습니다.

ㅡ'리치 메이지'가 1초 동안 '기절' 상태에 빠집니다.

조건부 발동인 할리의 패시브 능력들은 연계성이 무척이나 뛰어나다.

'후려치기'가 발동되면 연계되어 발동하는 고유 능력인 '백호의 분노'는 할리의 공격 속도를 상승시켜 주는 것이다.

일반 공격 시 10퍼센트의 확률로 발동하는 후려치기.

공격 속도가 빠를수록 후려치기가 발동될 확률은 당연히 더 높아지니, 두 고유 능력 간의 상승 효과가 대단할 수밖에 없는 것이다.

−소환수 '할리'의 고유 능력 '백호의 분노'가 발동합니다.

−소환수 '할리' 모든 상태 이상 효과가 해제되며 10초 동안 모든 움직임이 50퍼센트만큼 빨라집니다.

워프를 하다 말고 기절 상태에 빠진 리치 메이지를 향해, 할리의 앞발이 연속해서 작렬했다.

퍽− 퍼퍽−!

라이에 비해 공격력이 많이 떨어지는 할리였지만, 그런 것은 어차피 상관없었다.

리치 메이지를 묶어 놓을 수만 있다면, 이안과 라이의 공격만으로도 충분한 딜이 들어가니 말이다.

거기에 원거리에서 쏘아지는 훈이와 레미르의 마법까지 무방비 상태로 작렬하니, 리치 메이지의 생명력은 순식간에 바닥나고 말았다.

그리고 셋 중에 둘이 제거되고 나니, 하나 남은 리치메이지는 더욱 쉽게 처리되었다.

"크윽, 라카메르 님께서 복수해 주실 것이다!"

"인간들! 오늘 일은 잊지 않으리라!"

죽기 직전에 꼭 한마디씩은 하고서야 사라지는 네임드 몬스터들.

세 명의 리치메이지들이 전부 제거되자, 훈이가 환호성을 질렀다.

리치 메이지들은 그만큼 까다로운 상대들이었기 때문이다.

"아자잣, 좋았어!"

후방에서 마법을 캐스팅하던 레미르도, 씨익 웃으며 입을 열었다.

"이제 파티 타임인가?"

떨어진 생명력을 회복시켜 줄 메이지들이 전부 제거된 지금, 남은 언데드들은 그야말로 오합지졸일 뿐이었다.

게다가 아직 어둠 지배 효과와 베리어까지 남아 있었으니, 이제는 경험치를 쓸어 담는 것만이 남은 것이다.

"훈이, 레미르 누나, 알지?"

"오케이!"

이안이 구체적인 오더를 내리기도 전에, 훈이와 레미르는 블링크를 사용해 최후방으로 빠졌다.

베리어가 남아 있다고 해도 피격당하면 캐스팅이 풀리게 된다.

캐스팅 시간이 긴 광역 마법을 발동시키기 위해서는 후방으로 빠져야 했기 때문이다.

그리고 잠시 후……

쿠오오오-!

화려한 광역 마법의 향연과 함께, 장내 있던 모든 언데드
들이 일순간에 재로 변하고 말았다.

콰쾅- 콰콰쾅-!

이어서 눈앞에 떠오르는 수많은 시스템 메시지를 보며, 이
안 일행은 기분 좋은 미소를 지었다.

-'데스 나이트'를 성공적으로 처치하셨습니다!

-경험치를 9,981,029만큼 획득합니다!

-'스켈레톤 워리어'를 성공적으로 처치하셨습니다!

-경험치를 5,154,429만큼 획득합니다!

그리고 전장이 완벽히 정리되고 나자, 전방 복도 끝의 막
혀 있던 벽이 꿈틀대며 움직이기 시작했다.

그극- 그그극-!

이어서 파티원들의 눈앞에, 새로운 시스템 메시지가 갱신
되었다.

띠링-!

-두 번째 웨이브를 돌파하는 데 성공하셨습니다.

-돌파 등급 : SSS

-두 번째 구간을 통과하셨으므로, B섹터의 죄수들이 풀려납니다.

-높은 돌파 등급을 획득하였으므로, 15만 만큼의 명성을 획득합니다.

-'라카메르의 실험실'을 발견하였습니다!

-리치메이지 라카메르가 움직이기 시작합니다.

-잠시 후, 세 번째 몬스터 웨이브가 시작됩니다.

던전 전체의 벽이 꿈틀대며 굉음이 울려 퍼졌다.

마치 살아 있는 생명체처럼 이리저리 움직이며 새로운 공간을 만들어 내는 지하 뇌옥의 석벽들.

던전의 구조가 바뀌는 동안, 이안은 미니 맵을 오픈하여 바뀔 구조를 미리 파악하였다.

공간이 뒤틀리며 움직이는 중이었지만, 미니 맵에는 완성된 구조가 먼저 나타나기 때문이었다.

'커다란 반구半球 형태의 구조네. 가운데는 뭔가 높다란 구조물이 하나 있고. 복잡하지 않아서 좋군.'

좁고 기다란 복도형의 맵이 어느새 널찍한 돔처럼 바뀌어 갔다.

그리고 마지막으로, 맵의 정중앙에서 거대한 구조물이 솟아오르기 시작했다.

쿠쿵- 쿠쿠쿠쿵-!

이안 일행은 그 모습을 넋을 놓고 지켜보았다.

"와, 아무리 게임이라지만 진짜 엄청나네."

"스케일 죽이는구먼."

구조물의 생김새는 마치 모래시계와 비슷한 느낌을 하고 있었다.

가운데가 홀쭉하게 들어가 있었으며, 아래위로 불룩하게

튀어나온 형상.

그런데 그때, 이안의 시선이 홀쭉하게 들어간 구조물의 중심을 향해 고정되었다.

새카만 빛이 넘실거리는, 마치 어둠의 핵과 같은 곳.

모든 것을 집어삼키는 블랙홀 같은 위치에 어두운 그림자 하나가 두둥실 떠 있었다.

그리고 이안은 그 그림자의 정체를 한눈에 알아볼 수 있었다.

'헬라임!'

이안은 혼란에 빠졌다.

분위기를 보아서는, 이미 어둠에 물들어 버린 것도 같은 헬라임의 모습이었다.

만약 헬라임이 데스나이트가 되었다면, 또 하나의 보스가 생기는 것과 마찬가지였다.

신화 등급임이 분명한 헬라임이 데스나이트가 되어 어둠의 힘까지 얻게 되면, 리치 메이지보다 더 강력할 수도 있었으니 말이다.

그런데 그때, 이안 일행의 눈앞에 생각지 못했던 시스템 메시지가 떠올랐다.

띠링-!

-조건이 충족되었습니다.

-히든 돌발 퀘스트가 발생합니다.

–'라카메르의 분노' 퀘스트가 발동합니다.

"……?"

이어서, 시스템 메시지의 밑으로 커다란 퀘스트 창이 떠올랐다.

라카메르의 분노 (히든)(돌발)'

어둠의 왕국 엘리카.

그리고 라타펠 영지는 이 엘리카 왕국의 중심에 있는 최고의 요새였다.

일만의 병사만 있으면 십만 대군도 막아 낼 수 있다는 이야기가 있을 정도로, 라타펠 영지는 견고한 구조를 가지고 있었다.

영지군의 허가 없이는 들어올 수도 나갈 수도 없는 철통같은 곳.

때문에 엘리카 국왕은 왕국을 건국함과 동시에 이 라타펠 영지에 지하 뇌옥을 짓도록 명령했다.

왕국의 모든 죄수들을 이송하여 가두어 놓을, 결코 탈출할 수 없는 거대한 지하 뇌옥을 말이다.

하지만 엘리카가 리치 킹 샬리언의 손아귀에 들어가게 된 뒤 지하 뇌옥은 완벽히 변질되었다.

단지 죄수를 수용하는 뇌옥으로서의 역할을 하던 지하 뇌옥이 리치 킹의 어둠의 군대를 양성하는 양성소가 되어 버린 것이다.

리치 킹의 하수인인 라카메르는 이 뇌옥 안에서 수많은 언데드들을 양성했다.

그리고 그 재료는 당연히 왕국의 죄수들이었다.

수감된 수천 명의 죄수들을, 모조리 언데드로 만들어 버린 것이다.

그러던 어느 날, 루스펠 제국의 황실기사단이 뇌옥으로 이송되어 왔다.

그리고 그들을 확인한 라카메르는 무척이나 기뻐했다.

루스펠 제국의 황실기사단은 강력한 언데드인 데스나이트를 만들기에 최고의 재료들이었기 때문이었다.

특히 그중에서도 기사단장 '헬라임'은 엄청난 잠재력을 가지고 있었다.

때문에 라카메르는 헬라임을 쉽게 언데드로 만들어 버리지 못하였다.

그저 그런 데스나이트로 만들어 버리기에는, 헬라임이 가진 잠재력이 아까웠던 것이었다.

물론 데스나이트로 만들더라도 강력한 언데드가 될 것임은 분명했지만, 그에게는 오랜 염원이 있었다.

그것은 바로 '리치 나이트'를 만들어 내는 것.

리치 나이트의 전투력은 리치 메이지를 훨씬 상회한다.

때문에 리치 나이트를 만들어 내어 자신의 권속으로 만든다면, 어둠의 군단 내에서 샬리언 바로 다음의 입지까지 올라갈 수 있을 것이다.

라카메르는 헬라임을 재료로 한다면, 리치 나이트를 완성할 수 있을 것만 같았다.

그리하여 라카메르는 오랜 시간 공을 들였다.

그리고 그 결과, 헬라임을 리치 나이트로 만드는 데 거의 성공하였다.

이제 며칠만 지나면, 완벽한 리치나이트가 된 헬라임을 권속으로 부릴 수 있는 상황이었던 것이다.

그런데 실험이 끝나가던 가장 중요한 순간에, 당신의 일행이 실험실에 들이닥쳤다.

하여 라카메르는 분노하였다.

그는 자신의 모든 능력을 동원하여 당신들을 죽이려 할 것이다.

분노한 라카메르를 최대한 빨리 처치하도록 하자.

만약 그를 시간 내에 처치하지 못한다면, 리치 나이트 헬라임이 깨어나 당신들을 공격할 것이다.

퀘스트 난이도 : SSSS

퀘스트 조건 : 라카메르의 실험이 끝나기 전에 실험실을 발견한 유저.

제한 시간 : 35분

*제한 시간이 지나기 전에 잠들어 있는 헬라임을 공격하여 처치한다면, 제한 시간이 사라지게 됩니다.

*제한 시간이 지나 리치 나이트 '헬라임'이 깨어나더라도 퀘스트는 실패하지 않습니다.

*제한 시간이 지나 헬라임이 깨어날 시, 헬라임까지 처치해야만 퀘스트가 클리어됩니다.

길쭉하게 늘어뜨려진 퀘스트 내용을 겨우 끝까지 읽은 이안이 고개를 절레절레 저었다.

'세 번째 몬스터 웨이브가 시작될 때까지 시간을 많이 주는 이유가 있었어.'

두 번째 웨이브가 끝난 지 족히 3분은 지났음에도 아직까지 세 번째 웨이브가 시작되지 않고 있었다.

이 역대급으로 긴 퀘스트 창을 찬찬히 읽으라는, 기획 팀의 배려(?)가 느껴지는 부분이었다.

어쨌든 이안은 퀘스트의 핵심을 파악하기 위해 머리를 굴리기 시작했다.

큰 의미에서의 골자야 어려울 것이 없었지만, 퀘스트의 유형 자체가 지금까지 등장했던 퀘스트들과 살짝 달랐기 때문이었다.

제한 시간이 있음에도 퀘스트의 성패 여부와는 관련이 없으며, 심지어 잠들어 있는 헬라임을 처치할 경우 제한 시간이 없어진다는 특이한 조건.

게다가 퀘스트가 어떤 방향으로 진행되느냐에 따라 보상이 달라진다는 부분은, 이안에게도 무척이나 신선하게 다가왔다.

지금까지 카일란을 플레이하면서 확실히 처음 보는 종류의 퀘스트 구성이었으니 말이다.

'베스트 공략법은 뭘까? 빠르게 헬라임부터 처리하고 제한 시간을 없앤 뒤, 안정적으로 라카메르를 공략하는 방법? 아니면 헬라임을 죽이지 않고 제한 시간 내에 라카메르를 처치하는 것?'

분명 쉬워 보이는 공략법은 전자였다.

하지만 이안의 촉은 후자를 선택하라 말하고 있었다.

'헬라임을 살린 채 퀘스트를 완료하면, 그를 얻을 수 있지 않을까?'

쿼드라S라는 엄청난 난이도를 자랑하는 퀘스트에서 쉬운 길을 두고 어려운 길을 간다는 것은, 어찌 보면 만용이라 할 수 있는 것이었다.

게다가 라카메르를 처치하는 데 실패한다면, 이전에 받은 히든 퀘스트인 '엘리카 왕의 눈물' 퀘스트까지 엮여서 실패하게 된다.

하지만 헬라임이 문제였다.

이안에게 헬라임은 너무 달콤한 유혹이었으니 말이다.

게다가 지금 이안의 파티에게는 '뮤란'이라는 생각지도 못했던 든든한 조력자까지 있다.

그러다 보니 이안의 고민은 그리 오래 지속되지 못했다.

"에이, 인생 뭐 있나."

파티원들의 생각은 물어보지도 않고, 독단으로 퀘스트의 방향성을 정해 버린 이안이었다.

　한편 이안의 중얼거림을 들은 훈이는 흠칫 놀라서 이안을 향해 물었다.

　"형, 왜 그래?"

　이안은 대답 대신 씨익 웃어 보였고, 훈이는 고개를 절레절레 저었다.

　그리고 잠시 후.

　허공에 자욱한 흑무黑霧가 차오르기 시작했다.

　"감히 나의 실험실에 발을 들이다니! 지옥을 보여 주마!"

　리치 킹 샬리언의 하수인.

　라카메르의 등장이었다.

　세 번째 몬스터 웨이브는 조금 특별한 방식이었다.

　맵에서 생성된 몬스터가 밀려드는 방식이 아닌, 라카메르가 소환하는 언데드를 상대해야 하는 방식이었던 것이다.

　얼핏 보면 이 두 가지의 방식은 차이가 없어 보일 수도 있다.

　하지만 이안을 비롯한 파티원들은, 웨이브가 시작되자마자 그 차이에 대해 정확히 짚어 내었다.

우선 첫 번째는, 몬스터가 생성되는 리스폰 위치가 랜덤이라는 것.

이건 파티원들의 포지션을 구성하는 데 있어서 대단히 중요한 부분이었다.

만약 전면에서 계속해서 몬스터가 생성된다면 원거리 딜러가 후방에 배치되어야 하겠지만, 언제 어디서 몬스터가 나타날지 모른다면 원거리 딜러의 위치는 센터가 되어야 하기 때문이었다.

더해서 딜러를 지키는 것도 훨씬 까다로워진다.

적의 위치를 예측할 수 없기 때문이다.

게다가 이안 파티의 경우 마법사를 지켜 줄 기사 클래스가 하나도 없고 전사 클래스도 하나뿐이었기 때문에, 이안이 훈이와 레미르를 지키는 포지션이 되어야 할 것 같았다.

하지만 까다로운 부분만 있는 것은 아니었다.

몬스터가 리스폰되는 방식이 라카메르가 직접 소환하는 방식이기 때문에, 그의 모션을 커팅할 수만 있다면 몬스터의 리스폰을 막을 수도 있는 것이다.

원진圓陣을 만들어 레미르와 훈이를 보호하며, 이안의 파티는 조금씩 전진했다.

그리고 이안은 인벤토리에 넣어 두었던 귀룡의 방패를 꺼내어 들었다.

딜러들을 보다 확실히 보호하기 위해서였다.

"누나, 극딜 부탁해."

"정말 헬라임은 공략하지 않을 거야?"

레미르의 반문에 이안이 단호히 고개를 끄덕였다.

"응."

레미르가 고개를 절레절레 저으며 다시 물었다.

"35분 만에 할 수 있을까?"

"누나만 믿을게."

"……."

이안의 표정을 확인한 레미르는, 한숨을 푹 내쉬었다.

어차피 파티의 리더인 이안의 오더를 따를 생각이기는 했지만, 무모해 보이는 것은 어쩔 수 없었다.

레미르의 동의를 얻은 이안이 힘차게 오더를 내렸다.

"드라고닉 베리어 재사용 대기 시간 4분 남았어. 그때까지만 조금 수비적으로 운영하자. 그때까지 보스 공격 패턴만 전부 파악하면 충분히 승산이 있어."

그리고 파티원 전원이 일제히 대답했다.

"알겠어."

"오케이!"

이안의 파티는 멀찍이 나타난 라카메르를 향해, 점점 더 빠르게 전진했다.

반대로 라카메르 또한, 이안의 일행을 향해 마주 다가오고 있었다.

그리고 허공에 부유한 채 검정색 운무를 뿜어 내며 다가오는 라카메르의 모습은, 무척이나 위압적이었다.

리치메이지와 비슷한 외형을 가지고 있었지만, 일반적인 리치메이지들에 비해 훨씬 더 거대한 몸집을 가진 라카메르.

'리치 위저드'라는 수식어를 달고 있는 라카메르가 들고 있던 스컬 완드를 허공으로 번쩍 치켜 올렸다.

"나의 종들이여, 침입자를 처단하라!"

이어서 이안 파티의 주변으로, 수많은 언데드들이 솟아났다.

스하하아ー!

온몸에 소름이 돋아날 정도로 스산한 어둠의 소리.

그에 질세라 뮤란의 대검들이 허공으로 솟아올랐다.

"내 오늘, 어둠을 심판하리라!"

하루 종일 쉴 틈 없이 지하 뇌옥을 공략한 끝에 드디어 뇌옥의 마지막 전투가 시작되었다.

라카메르와의 전투가 시작된 지 얼마 지나지 않아 이안 일행은 이 퀘스트의 난이도가 어째서 쿼드라S 등급인지 뼈저리게 느낄 수 있었다.

라카메르가 구사하는 스킬들이, 하나같이 괴랄한 파괴력을 가지고 있었기 때문이었다.

하지만 그럼에도 불구하고, 35분 안에 클리어할 수 있을 것이라는 희망도 함께 생겨났다.

라카메르의 생명력이 생각보다 많지 않았으니 말이다.

얼마 전 프릴라니아 협곡에서 상대했던 칼리파의 원혼과 비교한다면, 그 반의반조차 되지 않는 낮은 수준이었다.

다만 라카메르에게는 자체 회복 능력이 있다는 게 문제였고, 그 부분을 어떻게 극복하느냐가 관건이었다.

공략법만 정확히 찾아내면, 30분 안으로 충분히 처치할 수 있어 보이는 라카메르.

물론 공략법을 찾는 것이 쉬워 보이지는 않았다.

라카메르의 회복 능력은 일반적인 리치메이지들과는 또 다른 형태였다.

원래 리치메이지가 가진 회복 능력인 '영혼 흡수'는 사망한 영혼을 흡수하여 본인, 혹은 소환물들을 회복시켜 주는 능력이다.

반면에 리치 위저드인 라카메르의 회복 능력은, 자신이 소환한 언데드에 한해 대상이 입는 모든 피해만큼을 곧바로 자신의 생명력으로 회복시킨다.

때문에 소환물을 공격할 수도 없고, 그렇다고 다른 언데드들을 무시한 채 라카메르만 공격하자니 너무 아프고, 그야말로 진퇴양난의 상황이었다.

이안 일행으로서는 미칠 노릇이었다.

"이러면 광역기는 쓰지 말라는 소리잖아?"

"그러게, 생명력 다 까 놔도 광역기 한 번 잘못 쓰면 다시 가득 차 버리겠어."

이안 일행의 머릿속에는 여러가지 방법이 떠올랐다.

우선 첫 번째 방법은, 라카메르의 소환 모션을 미리 읽고 사전에 캐스팅을 전부 컷팅하는 것이다.

하지만 이 방법은 한 번이라도 실수하여 소환을 방치할 시 원점으로 돌아올 수 있다는 위험이 있다.

그리고 두 번째 방법은, 아무리 많은 언데드가 소환되더라도 어떻게든 그들에게서 입는 피해량을 회복시키며 라카메르만 공격하는 것이었다.

하지만 이것은 더욱 불가능에 가까운 방법이었다.

들어오는 피해를 버티는 것도 힘들 뿐더러, 라카메르를 보호하는 언데드들을 피해 정확히 논타깃 스킬들을 꽂아 넣는다는 것이 말이 안 되었으니 말이다.

소환된 언데드들이 라카메르의 앞을 막아서기 시작하면 그들에게 피해를 주지 않으면서 라카메르를 공격할 방법이 없는 것이다.

쾅쾅 쾅-!

라카메르의 강력한 마력탄을 가까스로 막아 낸 훈이가, 볼 멘소리로 투덜거렸다.

"어후, 한 5분은 지난 것 같은데 생명력이 그대로잖아?"

순간 모두의 시선이 라카메르의 생명력 게이지에 자동으

로 쏠렸다.

훈이의 말은 사실이었다.

수많은 공격을 퍼부었음에도, 라카메르의 생명력은 조금도 떨어져 있지 않았다.

의기양양해진 라카메르가 칼칼한 목소리로 웃어 대었다.

"클클, 네놈들은 절대로 나를 이길 수 없다. 적어도 이곳에서 만큼은 말이지."

하지만 그렇다고 해서 5분 동안 아무런 수확이 없었던 것은 아니다.

생명력을 깎을 수 없었을지언정 라카메르의 거의 모든 공격 패턴을 파악할 수 있었으니 말이다.

언데드들의 공격에 침착하게 대응하며, 이안이 빠르게 머리를 굴렸다.

'언데드 소환은 2분에 한 번 정도 하는 것 같고. 데스윙은 40초에 한 번. 스피릿 스톰은 다시 안 나오는 걸 보니 최소 5분이야.'

카일란에서는 보스의 난이도가 높을수록, AI의 랜덤성도 커지게 된다.

예를 들어 하급 보스 몬스터의 경우에는 정해진 스킬을 일정 간격, 순서대로 반복해서 쓰지만, 중급, 상급으로 올라갈수록 정형화된 패턴이 사라지는 것이다.

A스킬을 썼다가 C스킬을 쓰고. B스킬을 써야 할 타이밍

에 또 A스킬을 사용할 수도 있는 것.

그래서 보스 공략에서는 리더의 보스 스킬 체킹 능력이 무척이나 중요했다.

현재 보스가 쓸 수 있는 스킬이 뭔지 정확하게 안다면, 상당부분 예측이 가능해지기 때문이었다.

그리고 이 방면에서 이안은 반론의 여지가 없는 최고의 리더라고 할 수 있었다.

해서 지금 라카메르가 발동시킬 스킬은…….

"데스 윙이다! 옆으로 퍼져!"

이안의 말이 끝나기가 무섭게, 원형으로 모여 있던 파티원들이 사방으로 흩어진다.

이어서 라카메르의 완드를 타고, 거대한 어둠의 기운이 뿜어져 나왔다.

"죽음의 날개여, 저들의 영혼에 안식을……!"

데스 윙은 그 이름처럼, 시커먼 날개의 형상을 띈 공격 마법이었다.

한차례 허공으로 솟구쳐 오른 뒤, 빠르게 하강하며 직선상의 모든 대상을 베어 버리는 강력한 공격 기술.

처음 이 스킬이 시전되었을 때 유신이 피하지 못했었는데, 단 한 방에 빈사 상태까지 가서 당황했던 스킬이었다.

콰콰콰쾅-!

지면에 거대한 구덩이를 만들며 이안 파티의 사이를 지나가는 죽음의 날개.

완벽하게 데스윙을 피해 낸 이안 파티는 반격을 위해 다시 진영을 구축하였다.

그리고 그 찰나의 순간, 이안의 머릿속을 번개같이 스치는 것이 하나 있었다.

"잠깐 방어 진형으로 대기!"

오더를 내린 이안이 지면을 박차고 올랐다.

타탓-!

그리고 파티의 가장 가까운 곳에 있던 데스나이트를 무자비하게 공격하기 시작했다.

쾅- 콰쾅-!

그에 훈이가 의아한 표정으로 물었다.

"뭐 하는 거야, 형? 조금 깎아 뒀던 생명력이 다시 차잖아!"

하지만 이안은 그에 대한 대구를 하는 대신 데스나이트를 계속해서 공격했다.

그리고 잠시 후, 데스나이트의 생명력을 아주 조금 남겨 놓은 채 이안이 파티로 복귀했다.

옆에서 날아드는 화살을 실드로 막아 낸 레미르가 어이없다는 표정으로 물었다.

"뭘 하는 거야? 갔으면 죽이든가. 왜 살려 두고 오는데?"

그에 이안의 간결한 대답이 이어졌다.

"실험해야 할 게 하나 있어."

"이 와중에 그게 무슨……?"

레미르는 당황스러운 표정을 지어 보였다.

하지만 이안은 그에 아랑곳 않고, 오더를 내렸다.

생각한 것을 전부 설명하는 것보다는 행동으로 보여 주는 것이 훨씬 빠를 것이기 때문이었다.

"누나, 파이어 블레스트로 리치메이지 한 대 때려 봐."

"아, 알았어."

이어서 레미르의 스태프에서 거대한 화염의 구체가 생성된다.

그리고 유신과 맞싸우고 있던 라카메르는 파이어 블레스트를 미처 피하지 못하였다.

콰쾅– 콰콰쾅–!

랭킹 1위 화염법사의 공격 마법답게 어마어마한 위력을 자랑하는 파이어 블레스트.

깎여 나가는 라카메르의 생명력을 확인한 이안이 재빨리 그 숫자를 기억했다.

'48만3천 정도가 깎였군. 그렇다면……!'

숫자를 속으로 한 번 되새긴 이안이, 크르르를 향해 오더를 내렸다.

"크르르, 파괴광선!"

그러자 허공으로 도약한 크르르가 포효하며 쩍 하고 입을 벌렸다.

"크르르 크아아오!"

콰쾅- 콰콰쾅-!

어마어마한 기세를 내뿜으며 전면으로 뿜어져 나가는 크르르의 파괴광선.

그리고 그 파괴광선은, 이안이 실컷 생명력을 깎아 놓은 데스나이트에게로 쇄도하고 있었다.

그 모습을 본 유신이 고개를 갸웃거렸다.

"훈아, 쟤 뭐 하는 거냐?"

유신이 당황한 표정으로 훈이에게 물었지만 훈이는 대수롭지 않다는 듯 대답하였다.

"나도 몰라. 저 형 이상한 짓 하는 거 한두 번 봐?"

그리고 유신은 그 답변에 쉽게 수긍하고 말았다.

"흠, 그건 그렇군."

물론 두 사람의 대화를 들은 여자들은 더욱 당혹스러울 뿐이었다.

"쟤들도 제정신은 아닌 것 같아요, 레비아 님."

"그, 그러게요."

생명력이 거의 소진되어 1만도 채 남지 않은 데스나이트에게 크르르의 강력한 공격 스킬을 소모해 버린 이안의 기행.

이는 조금이라도 딜을 더 넣어야 하는 지금의 상황에서 어이없는 행동처럼 보였지만, 이안이 아무 생각 없이 이런 짓을 벌일 리는 없었다.

파괴광선이 직격되어 데스 나이트가 사망하는 순간, 이안의 시선은 라카메르의 생명력을 향해 있었다.

'47만2천······!'

그리고 라카메르의 생명력 게이지를 확인한 이안은 주먹을 불끈 쥐었다.

"됐다, 됐어!"

정신없이 언데드들을 상대하는 와중에도 궁금했는지 훈이가 재빨리 되물었다.

"뭐가 됐는데?"

그에 이안이 씨익 웃으며 대꾸했다.

"그야 당연히, 파훼법을 찾았다는 말이지."

"회의 끝! 수고하셨습니다!"

"수고는 개뿔. 이제부터 수고할 예정인데."

"휴우, 그러게 말이에요."

"진짜 그 미친 자식은 답이 없어. 요즘 좀 잠잠하다 싶더니······."

"으······. 정말 이렇게 크고 아름다운 엿을 선물하다니. 잊지 않겠다, 이안!"

기획 팀의 대회의실.

이안으로 인해 생성된 푸짐한 일거리 때문에 죽을상이 된 기획 팀 팀원이 하나둘 문을 열고 본인의 자리로 돌아가기 시작했다.

야근은 물론, 주말까지 반납해도 시간이 부족할 것만 같은 기가 막힌 상황.

모니터링실로 향하는 나지찬조차도 한숨을 푹푹 내쉬고 있었다.

"후우, 눈에서 자꾸 땀이⋯⋯."

눈가에 맺히는 알 수 없는 액체를 걷어 내며, 나지찬은 모니터링실의 앞에 앉았다.

그가 맡은 역할은 이안을 모니터링하는 것이었으니까.

좀 더 정확히 이야기하자면, 이안이 퀘스트를 클리어하기까지 얼마나 걸릴지를 예측하는 것이 나지찬의 임무라고 할 수 있었다.

핑-!

모니터가 켜지며, 이안의 영상이 천천히 오픈되었다.

하지만 지금 모니터에서 나오는 것은 실시간 영상이 아니었다.

나지찬이 퇴근한 후, 이안의 던전 공략이 녹화된 녹화 파일이었던 것이다.

의자를 뒤로 쭉 젖혀 누운 나지찬은 조금 쉬어 간다는 생각으로 이안의 영상을 감상하기 시작했다.

어차피 이안의 퀘스트 클리어 시점을 예측하기 위해서는 영상 하나도 놓치지 않고 봐야만 했으니 말이다.

그런데 영상을 시청하던 나지찬의 얼굴에 곧 음흉한 미소가 어렸다.

"후후, 우리한테 빅엿을 주더니…… 자승자박이 따로 없군. 자, 이제 어떻게 할 거냐?"

일전에 나지찬은, 뮤란이 등장하는 것을 보고 이안의 퀘스트 성공을 확신했었다.

뮤란이 강력하기도 하지만, 원래대로라면 이안이 얻었어야 할 서머너 나이트의 고유 능력이 라카메르의 완벽한 카운터이기 때문이었다.

서머너 나이트의 고유 능력 중 하나인 서먼. 벤Summon Ban.

아니, 정확히 말하자면 서먼 벤은 서머너 나이트의 고유 능력이 아니었다.

모든 소환술사 클래스가 4티어로 상승할 때 얻을 수 있는 특별한 고유 능력이었으니 말이다.

서먼 벤은 말 그대로, 일정 시간 동안 대상의 모든 소환 능력을 봉쇄하는 스킬이다.

그야말로 소환술사의 카운터 격인 스킬인 것이다.

하지만 지금의 상황에서 라카메르에게 이보다 더 치명적인 스킬은 없었다.

서먼 벤을 당해 언데드를 더 이상 소환할 수 없다면, 라카메르를 처치하는 것은 시간문제였으니 말이다.

뮤란에게 이 스킬이 있을 수도 있지 않느냐고 생각할 수 있지만, 그것은 틀린 짐작이었다.

애초에 '뮤란'이라는 영웅은, 소환술사 출신이 아니었다.

뮤란은 자신의 진전을 잇는 이가 누가 되었든 자신의 능력을 전이해 주는 역할을 하는 NPC일 뿐이었고, 때문에 소환술사의 스킬인 서먼 벤은 가지고 있지 않았다.

만약 소환술사가 아닌 다른 클래스가 뮤란의 크리스털을 얻었더라면, 그는 다른 클래스로 전직하는 퀘스트를 주었을 것이다.

어찌 되었든 지금 이안은 서머너 나이트가 아니다.

때문에 '서먼 벤' 스킬을 가지고 있지 않다.

하여 나지찬은, 이안 파티가 라카메르를 처치할 수 있는 확률을 아주 낮게 보고 있었다.

"크크, 이번에야말로 이안갓이 큰 실수를 했어. 대체 굴러 들어오는 떡을 왜 걷어차 가지고……."

만약 이안이 헬라임부터 처치하는 선택을 했다면 확률이 조금은 올라갔을지도 모른다.

하지만 나지찬은 이안이 헬라임을 그대로 둘 것이라고 정확히 예측하였다.

"역시! 내가 아는 이안이라면 이렇게 나와야지!"

영상이 진행될수록 전투는 더욱 흥미진진해졌다.

라카메르에게 고전하는 이안 파티를 볼수록 어쩐지 나지찬은 통쾌함을 느꼈기 때문이었다.

게다가 뇌옥 클리어에 실패한다면, 이안이 리치 킹을 처치할 수 있을 확률도 대폭 낮아지게 된다.

그러다 보니 나지찬으로서는 라카메르의 선전이 기쁠 수밖에 없는 것이다.

"크, 좋았어! 아주 박살을 내 버리라고!"

주먹까지 불끈 쥐며 라카메르를 응원하는 나지찬.

하지만 그것도 잠시일 뿐, 나지찬은 곧 격렬한 응원을 멈추고 말았다.

"쟤 왜 저러는 거지?"

이안이 알 수 없는 행동을 하기 시작하면서, 왠지 불안감을 느낀 것이다.

"뭘…… 하려는 거야?"

기획자인 나지찬으로서도 짐작되지 않는 이안의 플레이였다.

그리고 잠시 후, 영상을 지켜보던 나지찬의 입이 쩍 하고 벌어지고 말았다.

to be continued

꿈의 도약, 로크에서 하십시오
(주)로크미디어에서 신인 작가를 모십니다

즐거운 세상, 로크미디어는 꿈을 사랑하고 도전을 두려워하지 않는 작가 분들의 참신한 작품을 기다리고 있습니다. 21세기 장르 문학계를 이끌어 갈 차세대 선두 주자 (주)로크미디어에서 여러분의 나래를 활짝 펴 보시길 바랍니다.

모집 분야 판타지와 무협을 포함한 장르 문학
모집 대상 아마추어 작가, 인터넷 작가
모집 기한 수시 모집
작품 접수 시 유의 사항
1. 파일명은 작가명_작품명.hwp형식을 갖춰 주십시오.
1. 파일에 들어갈 내용은 다음과 같습니다.
   — 성명(필명인 경우 실명을 밝혀 주세요), 연락처, 이메일 주소
   — 제목, 기획 의도
   — A4용지 1장 분량의 등장인물 소개
   — A4용지 2장 분량의 전체 줄거리
   — 본문
1. 작품이 인터넷에 연재되고 있다면, 게시판명과 사이트의 구체적이고 정확한 주소를 기재해 주십시오.

선택된 작품은 정식 계약 후 출판물로 간행되어 전국 서점에 유통됩니다.
작가 분은 (주)로크미디어의 전폭적인 지원하에 전속 작가로 활동하시게 됩니다.
※ 자세한 내용은 로크미디어 홈페이지(rokmedia.com)를 참조하세요.

(03920)서울시 마포구 성암로 330 DMC첨단산업센터 3층 314호
(주)로크미디어 편집부 신간 기획 담당자 앞
전화: 02 – 3273 – 5135
www.rokmedia.com   이메일 : rokmedia@empas.com